宮沢賢治の全俳句

石 寒太 著
Ishi Kanta

飯塚書店

まえがき

いま、東日本大震災以来、にわかに宮沢賢治の詩や童話が注目されつつある。

賢治は、明治二十九年（一八九六）に、二万人を超す犠牲者を出した明治三陸地震の二ヶ月後に生まれ、奇しくも最期となった昭和八年（一九三三）に、病床で昭和三陸地震に遭遇した。そしていま平成東日本大震災に、賢治のことばや作品が日本だけでなく、混迷の時代を生きる多くの世界中の人を鼓舞し、こころにしみ渡っているという。これもひとつのめぐり合わせかもしれない。

さて、私はかつて著書『宮沢賢治の俳句』の「あとがき」に、

> 宮沢賢治が俳句をつくっている、そんなことを、読者の誰が知っていただろうか。宮沢賢治の研究家ですら、賢治の俳句については知らない、というのが現状である。私も宮沢賢治が俳句をつくり、しかも、何人かと付句《つけく》までしていたことを知らされ驚いた。そして、彼のつくった俳句がいくつあるのか、どんなものか知りたい、みてみたいという興味から、この稿を書き起こした。

と、書いた。この現状は、十六年経ったいまでもほとんど変わっていない。

また、「賢治の俳句は詩的俳句である。詩のことばが、生《な》まのまま俳句の中にころがり込んでいる。それを傷とみるか、玉とみるかによって評価はまったく異なってくるだろう。私としては、それを玉とみておきたい。賢治の中に原詩（口語詩の原風景）を探し当てて読んでみると、その興味は倍加してくる。純粋に賢治の一行詩としてみてみると、意外に新鮮な世界がひろがってくる。」（「あとがき」）とも書いた。

この本を多くの人々に読んでいただき、ひろく感想を寄せていただけると、この本を再び出版した意義もあり、賢治の新しい一面に光を当てることになる。

賢治の俳句は、三つに分けることができる。

ひとつは、賢治がはじめて俳句に興味を示した大正十三、四年ころと、昭和八年に三十六歳で他界するまでの二年間でつくられた、菊の連作以外の一般作品。

次に、賢治俳句の大半をしめる「東北菊花品評会」の優秀作品の副賞として短冊を贈るために頼まれたという、「菊」に関する一連の作品。

そして、最後が、賢治の連鎖句、つまり連句の付句をまねてつくられた作品である。

ひとりでも多くの方の目に触れていただけるよう、心から願っている。

そして、震災を受けた多くの人々の力にもなることも、心から祈っている次第である。

目次

連句・付句鑑賞

※「自炊子の」の句は、その後他人の作と判明したが、他の句との関連があるため、（　）を付けて残した。

本書に引用した宮沢賢治の作品と「校異」は、『宮沢賢治全集』（ちくま文庫）と『校本　宮沢賢治全集』（筑摩書房）にしたがった。

文中解説文の中に、今日の人権意識に照らし、不適切と思われる語句・表現もみられるが、賢治作品の真価を解明するという本位からそのままとした。

一般作品鑑賞

岩と松峠の上はみぞれのそら

［句意］　岩と松があり、その峠のはるか上の方へ目を放つと、寒々としていて、いまにも霙が降ってきそうな、そんなどんよりと曇った空が、垂れこめて見える、という意。

［鑑賞］　表面的に鑑賞するならば、この句はきわめて写生的で、平明な句で、わかりにくいところはない。難しい語句は何ひとつない。まず、上五の「岩と松」で切れる。ごつごつした岩々が重なっている。その岩に根を張った形のよい松、岩に映えた松、その上の空。場所は国境をなす見はらしのよい峠の頂上からの俯瞰であろう。視線は、まず岩から松へ、そして松を背景に、遠景である彼方の空へと視線は移されてゆく。岩の灰色と松の緑の鮮明な景色のうしろにひろがる、暗くどんよりと沈んだ霙まじりのグレーの空。明と暗、近景と遠景が比較対照されて、くっきりと読者に迫ってくる。

が、この句は、単なる俳句的風景ではない。

というのは、この句の下敷きに、賢治の詩作品「五輪峠」があるからである。

まず、その、「五輪峠」の詩と、俳句の措辞の重なってくる部分を引いてみよう。

向ふは岩と松との高み
その左にはがらんと暗いみぞれのそらがひらいてゐる
そこが二番の峠かな
（傍点筆者）

この詩の、傍点の部分を注目してほしい。「岩と松」「みぞれのそら」「峠」の、詩語の三つの部分を取り出して、そのフレーズを入れ替えると、そのまま、掲出の俳句になる。こうしてみると、賢治は、明らかに完成した詩作品を、そのまま俳句に構成し直している。というより、並べ替えただけである。しかも、他に削られた部分があるだけ、俳句の方は即物的表現になっている。ここに賢治の俳句の特質が見えてくる。

「五輪」は、仏教では物質を構成する五種の元素、地・水・火・風・空で、これを五大《ごだい》と呼んでいる。五大は、法性のすべてのはたらきを車輪のように備えているところから、地輪・水輪・火輪・風輪・空輪の五輪が生じたという。

「五輪峠」は、遠野市・奥州市・東和町の境界となっている峠である。標高五百五十六メートル。人首《ひとかべ》街道・遠野街道が貫き、江戸時代には麓に関所があった。五輪という名は、大内沢屋敷上野の戦死を弔うために、息子の日向が峠に五輪石を建てたことにちなんだものだといわれている。種山ヶ原の北西九キロメートルに位置することもあって、賢治はこの「五輪峠」を、特に好んで詩作品に取り入れている。

詩「五輪峠」は、

あゝこゝは
五輪の塔があるために
五輪峠といふんだな
ぼくはまた
峠がみんなで五つつあつて
地輪峠水輪峠空輪峠といふのだらうと
たつたいままで思つてゐた
地図もたずに来たからな
　そのまちがつた五つの峯が
どこかの遠い雪ぞらに
さめざめ青くひかつてゐる
消えようとしてまたひかる

と描かれている。この、「五輪峠」の詩を頭に置いて、もう一度掲出の俳句を鑑賞してみよう。そうすると、平坦だと思っていた句が、たちまち象徴性を帯びて迫ってくる。そうだ、この句は、ただならぬ賢治の心象のスケッチだったのだ。

　冒頭で鑑賞を試みた、「岩と松」も「峠」も、「みぞれのそら」も、単なる俳句的写生の風景ではない。寒々と暗く、どんよりと曇った「みぞれのそら」が、俄然ひかりを放ち、原詩に見えるように、「さめざめ青くひかつて」見え出してくるから、不思議である。五つの峯々は、闇の空ではなく、「消えやうとしてまたひかる」未来からの光彩である。

　賢治の俳句は、表面上は稚拙で、平易で何の難しさもない。しかし「心象スケッチ」の認識に裏うちされ、多かれ少なかれ、それらの影響や刺激をうけている。詩は詩、俳句は俳句、とはっきり独立させることができないのが、彼の俳句作品の特色である。そのあたりを、はじめにしっかりとおさえておかないと、読み誤ることになる。

　この句の「岩と松」は、賢治の原詩「向ふは岩と松との高み／その左にはがらんと暗いみぞれのそらがひらいてゐる／そこが二番の峠かな」の措辞からきた「岩と松」だから仕方ないとしても、「峠の上は」の「は」（主格の助詞）や「みぞれのそら」の「の」などは散文的で、普通の俳人なら「岩松や峠の上の」と、まとめてしまうだろう。下五も、わざわざ一字余らせて「みぞれのそら」とせずに、「みぞれそら」と納めてしまうところである。

五輪塔のかなたは大野みぞれせり

【句意】　まずそびえ立つ五輪塔が目の前に見えはじめる。そして、その塔のはるかかなたに目を放つと、大野の雄大な北上平野が無限にひろがってくる。そこには、いま霙が落ちている……、の意。

【鑑賞】　賢治の詩「五輪峠」の下書稿には、

五輪は地水火風空
空といふのは総括だとさ
まあ真空（→虚空）でいゝだらう
火はエネルギー
地はまあ固体元素
水は液態《ママ》元素
風は気態《ママ》元素と考へるかな

世界もわれわれもこれだといふのさ
心といふのもこれだといふ
（中略）
気相は風
液相は水
固相は核の塵とする
そして運動のエネルギーと
熱と電気は火に入れる

とある。五輪は、先に述べたごとく地輪・水輪・火輪・風輪・空輪の五つ。塔は塔婆のこと。その万物の構成要素である五輪を、それぞれ、方・円・三角・半月・宝珠の形で象徴させ、下から順に積みあげて塔婆としたものが、五輪塔である。石や銅でつくられたものが多い。ここでは石。もとは仏舎利を安置するためのものであったが、のちに転じて、墓石や供養塔に用いられた。また、賢治の詩の他のところには、

なかにしよんぼり立つものは

まさしく古い五輪の塔だ
苔に蒸された花崗岩《みかげ》の古い五輪の塔だ

の条《くだり》も見える。

この作品には、宗教と科学の一元化への試みがあらわれている。賢治の科学観に大きな影響を与えたアレニウスの名も見える。さらに、この詩の翌日の日付をもつ詩「晴天恣意」では、積雲を見て、

五輪峠の上のあたりに
白く巨きな仏頂体が立ちますと
数字につかれたわたくしの眼は
ひとたびそれを異の空間（↓異空間）の
高貴な塔とも愕ろきますが
畢竟あれは水と空気の散乱系（↓散乱）
冬には稀な高くまばゆい積雲です

と書いている。そして、さらに物質をめぐる哲学思考にまで入りこみ、

堅く結んだ準平原は、
まこと地輪の外ならず、
水風輪は云はずもあれ、
白くまばゆい光と熱、
電、磁、その他の勢力は
アレニウスをば俟たずして
たれか火輪をうたがはん
もし空輪を云ふべくば
これら総じて真空の
その顕現を超えませぬ
斯くてひとたびこの構成は
五輪の塔と称すべく

と結んでいるのだ。こうした考えに従えば、賢治が科学と仏教の一元化に苦心したのも、

火輪とエネルギーの関係においてだったことがよくわかろう。また、賢治は、物質を分子・原子・電子・真空と次々に細分化し、その真空は異空間につながる異単元になる、と考えていたらしい。

さて、この句に目を移す。まず、「五輪塔の」で少し切れる。「五輪塔」は「ごりんのとう」と六音で読む。そして「かなたは大野」でやや切れる。そして「みぞれせり」と止める。中七・下五へ畳みかけて読み下《くだ》すのがよい。

第一句目の「峠の上は」の「は」と同じように、この「五輪塔のかなたは」の「は」という表現は、多少散文的で、俳句としては説明に流れてしまうきらいがある。が、全体として景を大きくとらえた雄大さは、なかなかにいい。

俳句から見ると北上平野の大野とはわからない。一般的な地名として読み取っていい。

塔から平野へ……、その平野がみぞれている、と遠近法がよく効き、写生の骨法がはっきりと見える。

が、一方、詩作品「五輪峠」の方を見てみると、

いま前に展く暗いものは
まさしく北上の平野である

薄墨いろの雲につらなり
酵母の雪に朧ろにされて
海と湛へる藍と銀との平野である

と、もう少しスケールが大きく描かれている。

この賢治の詩にくらべると、俳句の方は、やや力不足で、詩の壮大さの前に置くと、いささかしぼんでしまう。

でも、逆に、「五輪峠」の雄大な詩がまずあって、それを理解した上で、もう一度この俳句にかえって読み解いてみると、なかなか味のある俳句として伝わってくる。

これらの多くの詩《ポエジー》のエネルギーをバックに鑑賞すると、「なるほど、これが賢治の俳句の醍醐味か」と、納得できる新たな一面も、見えてくるであろう。

さて、「五輪塔の」の俳句にもどろう。俳句で「霙」といえば、当然冬の季語である。気温が高くなると、降る雪の雪片が途中で溶けて、雪よりはやく線を引いて地上に落ちる、これを霙という。このとき、雨が雪に混じって降ることもある。初雪や終雪のころによく見る現象のひとつである。

が、原詩「五輪峠」を見ると、早春の平野が描かれている。だから、この句の霙も、当然、春の霙であろう。

冬が終わり、名残《なご》り雪が降りかかる北上平野……、その平野に降る雪も、いつか雨まじりの雪となり、銀色に降りそそいで、朧々としている。

長かった冬もようやく終わりを告げているのだ。もう、あたりは早春の景色に変わっている。何となくあたたかさを感じるほのぼのとしたものが、ごく自然に伝わってくる。

さて、これらの賢治俳句を見て気付くことがひとつある。それは、賢治は、少しも既成の俳句的季語などにこだわりをもっていない、ということである。当然といえば、当然といえる。賢治は、はじめから、俳句らしい俳句を書こうなどとは、少しも考えていなかったからである。

無季にも季重なりにも、ほとんど無頓着である。それが奔放で、かえって詩的ないい味となっている。賢治は、俳句を書くというより、詩の一行のエッセンスを書き止めておこう、そう考えていたようだ。

普通の俳人なら、「五輪塔」で切って「の」は削除する。その方が空間がひろがる。「かなたは」の「は」も、前句と同様「かなたの」とした方がやわらかくなる。つまり「五輪塔かなたの大野みぞれけり」などと整えてしまいがちである。

つゝじこなら温石石のみぞれかな

【句意】　まず、「躑躅」が目に映る。冬あるいは春のはじめであるから、この躑躅に花はない。たとえ花があっても、それは帰り花であろう。が、温石石を抱くころであってみれば、むしろ枯れ躑躅の方がふさわしい。次に「小楢」に目を移す。この木も、葉を落とし、すっかり裸木にされてしまった冬木である。そして「温石石《おんじやくいし》」。それらのすべてが寄り添って、寒さの中にみぞれている、という意。

【鑑賞】　躑躅や小楢も寒さでふるえ、あの暖を取るために使われる温石石もが、すべて霙に降りつけられてこごえている、と賢治は書いたのである。躑躅や小楢が霙れているのはいい。が、あの「温石石」までがと、「温石石」をこの句の中で強調して用いている。

この俳句も、前の句と同様に、口語詩の「五輪峠」（作品一六番）の下書稿の余白に書かれた俳句のひとつである。

そして「みぞれ」句の三作目である。俳句的にいえば「温石石」が冬の季語である。手ごろな、なめらかな石や蠟石《ろうせき》などを、炉や火桶などの火中で熱して、それを布でつつんで体に当てて暖を取ったり、腹痛のときなどに患部をあたためるために用いたりするが、このごろは、暖房具の発達により、ほとんど用いる人はいなくなった。

温石に適する石としては、蛇紋岩がよく用いられた。蛇紋岩は石絨《アスベスト》である。石綿の絨《じゅう》たんの意味で、この漢字が当てられている。蛇紋石または角閃石《ホングレン》の繊維状になったもの。絹糸のようにやわらかくて強く、熱や電気を伝えにくいので、保温や耐火材料によく用いられる。化学実験では、アスベスト金網として、フラスコなどを熱するための網としてよく使われている。このごろは、人体に与える影響で話題にすらなっている。

宮沢賢治は、この石絨・蛇紋石・温石石を好んで詩や文章の中に取り入れているが、文語詩「早池峯山巓」に、

石絨《アスベスト》脈なまぬるみ、苔しろきさが巌にして、

とあるのは、早池峯の山巓《さんてん》（頂上）が、蛇紋岩を露出させているからである。なお、最上等の温石石は、長野県高遠《たかとう》産の黒石であるといわれている。「まつくろな温石いしも」（詩「五輪峠」）、「温石いしの萱山の」（詩「駅長」）、「アスティルベ（Astilbe argentilbe platinicm）きらめく露と、ひるがへる温石の門」（詩「水と濃きなだれの風や」）などなど、賢治の詩文には、温石石があちこちに散点して、きらめいている。また歌にも、

うすぐもる温石石の神経を盗むわれらにせまるたそがれ　　（二八九）

などが見える。この歌の「温石石の神経」とは、纖維状の蛇紋岩である。つまり、石綿《アスベスト》（石絨）のことで、それをぬき取ることである。絹糸のように光っている石綿を神経にたとえたもの。また、もう一首、

夕ぐれの温石石の神経はうすらよごれし石絨にして　　（二九〇）

の歌もあるが、これも同じように温石石を詠んだものである。温石石の「神経」が、さんざんに使い古されて、とうとう「うすらよごれ」てしまうようにまでなってしまった、という比喩である。賢治は、このように「温石石」が好きなのだ。

さて、「温石石の神経」とか「石絨の神経」といった賢治の表現は、岩石の中に網状になっている形状を、比喩的によくあらわしている、と考えていい。

「温石石」に長々とおよんでしまったが、この俳句のキーワードは、何といっても「温石石」だからである。そのことを、まず読者に頭に置いてほしかったからである。

賢治の詩はひろく深いが、中でも鉱物に関する語彙の豊富さは、大変なものである。宝石はもちろん、岩石、および地学用語全般にまでわたり、知識にはおびただしいものがあ

る。その、賢治がもっとも興味を示したもののひとつ「温石石」を、読者が知らないで読むなら、賢治の作品は、とんでもないうすっぺらなものになってしまう。特に俳句は、平易で、何の面白味もないものになってしまう恐れがあるからである。

この句にしても同様である。「温石石」を、ただ単なるそこらの石ころ同様に理解して読んだら、言葉の平板な組み合わせで終わってしまう。この句の中心はあくまでも「温石石」にある。というのは、賢治のこの鉱石へののめりこみ方が、他のものとは比較にならないことを、知っていなければならない。賢治の「宝石」関係だけでも単行本が出ている。

もちろん、このときの「温石石」は、詩や歌の下敷きがあるように「温石石」の神経……、あのすり減ってしまった、ぼろぼろと化した神経にまで通じることが、詩の底辺になければならないだろう。

それが、賢治にとっての、「みぞれ」のイメージへのひろがりなのである。

「五輪峠」の原詩は、

つゝじやこならの灌木も
まつくろな温石いしも
みんないつしよにまだらになる

（傍点筆者）

とある。詩の方では、「躑躅」も「小楢」も「温石石」も、すべての森羅万象が斑《まだら》になる、といっているのだ。「斑」は「まだら」。種々の色が、ところどころに入りまじっている状態をいう。だから「みぞれ」とは、まったくちがう。

それが、俳句の方では、どうして「みぞれ」のみに変えられたのであろうか。先に、賢治の季語に対する考え方をのべ、その中で、賢治は、いわゆる俳人のもっている季語感には、まったく無頓着であったことをいった。だから、この句でも、「温石」を季語としては使っていない。賢治の心の中における季語は、あくまでも「みぞれ」であろう。「温石石」は象徴、心象風景である。

原詩の方では、三つのものを並列させて、その彩《いろ》の対照を示そうとした。つまり葉を落とした「つゝじ」「こなら」の裸木の明るい色と、「まつくろな温石いし」、その色の「まだら」紋様を、賢治はここに出したかったのである。

もちろん、俳句の裏に、この原詩が大きく下敷きになっていることは瞭然である。俳句を意識しすぎたために、むしろ「まだら」は「みぞれ」に変わってしまった。それゆえに色彩の対照から、温寒の対照に変わってしまったのである。が、この変わり方は、悪くはない。あの暖を取るために使われるという「温石石」までも「霙」の中にこごえてしまっているようだ、というひとつの象徴に変化したのである。これは、俳人ではできない。

「温石石」に、それほどまでに執着心をもつ賢治だからこそできた句、といってもいい。一種の怪我の功名というべきかもしれない。葉を落としても存する「躑躅」と「小楢」の樹々の生命《いのち》、つめたい石の剛質さの対照……、それが面白い味を醸し出して、一句の中にしっくりと納まりかえってしまった。しかし、「かな」の最後の止めは、平凡でこの句を古めかしくしてしまった。このあたりが、いかにも俳人としては素人《しろうと》の賢治らしくてほほえましいのである。

この俳句は、俳句の常識からいえば、当然、季重なりとなる。つまり「温石」と「霙」。ふたつとも冬の季語である。

だが、何度もくり返すようであるが、賢治における「温石」は、決して季語ではない。「石っ子賢さん」のあだ名をもつ、鉱石の研究をつづけていた賢治にとっては、この「温石」は、怪しげな光を放つ斑な不可思議な象徴なのである。

俳人にとって、一句の中の季語の役割は、形式とともに重要なポイントである。でも、俳人でもなく、他に詩形式をもつ賢治にとっては、季語も他の語彙と同じくらいの重さしかもたなかった。

だから「まだら」を「みぞれ」に、安易に変えても少しもかまわなかったわけである。ただし、知友に俳人をもっていた賢治は、もちろん、俳句のルールも十分識《し》っていたからこそ、この「みぞれ」を下五に置いて「かな」と止めたのである。が、その「みぞれ」がそんな落着きをもって、他の措辞の背景にまでなろうとは、賢治自身も思ってもみなかったろう。そのてらいのなさが、かえってこの句を成功させた、といえるかもしれない。

再び掲出の句に注目してみよう。まず「つゝじ」「こなら」と、なだらかに一句の中に風景を表出している。そして「温石石の」とつづいてゆく。上五は一字余らせながら、この長さは少しもわずらわしさを感じさせない。むしろこころよい添景として読者にひろがってくる。そして「温石石の」と中七へつづく。原詩では「温石いし」と「いし」を仮名にしているところを、俳句の方は「石」とわざわざ漢字に置き換えている。これは、寒気の中の石の剛質さをねらった賢治のはからいであろうが、むしろ漢字ではなく、原詩のままの方がよかった。

つゝじこなら温石いしのみぞれかな

こう書き替えてみると、「温石」のみが漢字となって、賢治の「温石」への思いの剛質なこだわりが、より効果的にひびくような気がするし、同時に、賢治の心象イメージとしての「温石」が浮きあがってくる。

「みぞれ」という季語も、一句の中の背景となり、ひろがりをもってくる。焦点はただひとつ漢字の「温石」に集中することになる。それに「温石石」と、「石」という漢字を重ねることは、何とも見た目もわずらわしいし、堅い感じを与えてしまう。

試みに、「石」を「いし」と仮名に直してみたが、こうなると、リズム感も、そう悪くない句になる。


俳句は素人うけする文学、とよくいわれる。ちょっと俳句でもやってみようか、と思った人が、ほんの思いつきで、手なぐさみにやってみても、ときに悪くない句ができることがある。これが、俳句の入りやすいところであろう。

賢治の俳句をながめてみても、なかなかしゃれた俳句もある。が、よく見ると、どうしてこんなつまらない句を、という句がずいぶん多い。それは仕方のないことである。すべてに名句をのぞむ方が、どだい無理な相談である。それよりも、それらの賢治の句の裏に、句の下敷きに、あの、すばらしい詩句が数多くかくされている。その宝石を探し出す方が、ずっと面白いし、楽しいし、意義のあることであろう。

「岩と松」「五輪塔」「つゝじこなら」の三つの句は、もっともはやくつくられたと見られる。口語詩「五輪峠」の詩稿の余白に書かれたものである。だから、他人の目を意識したものではなく、自分なりのメモ（習作）と考えた方がいいだろう。

おもむろに屠者は呪したり雪の風

【句意】　いま屠殺場にきている。目の前に、ひとりの屠者がいる。あわれな動物が吊されている。大きな牛か豚か、家鴨か、何であろうか。その動物を前にして、屠者は、ゆっくりと祈りをささげる。祈りの言葉を口ずさんでいるのであろう。寒い吹雪のする一日である。あたりには風が出てきて、降り積もっている雪を、吹き散らしてゆく……、の意。

【鑑賞】　この句は、口語詩「暮れちかい　吹雪の底の店さきに」（作品四一五番）の下書稿の余白に記されたものである。

「おもむろに」は、漢字で書けば「徐ろに」「ゆるやかに」「ゆっくり」の意である。

「屠者」は、動物の屠者である。

「呪したり」の「呪」は、「のろい」「まじない」である。つまり、祈りの言葉であろう。

下五の「雪の風」が季語である。が、いわゆる俳句的な季語とは、少し趣がちがっている。俳人ならば、「風花」とか「雪解風」とかするところを、賢治は「雪の風」と単純化してストレートに止めた。むしろこんなところに、賢治らしさがよく出ている。

さて、ここで下書きとなった原詩「暮れちかい　吹雪の底の店さきに」に、目を移してみよう。

暮れちかい
吹雪の底の店さきに
萌黄いろしたきれいな頸を
すなほに伸ばして吊り下げられる
小さないちはの家鴨の子
……屠者はおもむろに呪しい
　鮫の黒肉《み》はわびしく凍る……
風の擦過の向ふでは
にせ巡礼の鈴の音
（傍点筆者）

この詩には、実は、同工異曲の文語詩「萌黄いろなるその頸を」もある。

萌黄いろなるその頸を、　　直くのばして吊るされつ、吹雪きたればさながらに、　家鴨は船のごとくなり。

絣合羽の巡礼に、　五厘報謝の夕まぐれ、

わかめと鱈に雪つみて、　鮫の黒身も凍りけり。

というものである。これらの詩をよく見てくると、「屠者はおもむろに呪し」の、「屠者」と「おもむろに」の詩の順序を逆にして、「おもむろに屠者は呪し」とし、その下に「たり」を付け、さらに下五に、季語の「雪の風」を配して構成したのが、掲出の句であることが、よくわかる。

前述の、「五輪峠」の口語詩の下書稿の余白に習字された「岩と松」「五輪塔の」「つゝじこなら」などの俳句も、それぞれ同じ手法が取られているが、賢治は、自分の原詩の一部分を置き換えたり、上下入れ替えたりしながら、切字や季語を配して、いかにも俳句らしい型に、うまく整えている。その俳句も、いわゆる俳人らしい句ではなく、どこか稚拙で、たどたどしい。が、それが賢治らしいと思えば、いかにも賢治風である。

この句の場合も、原詩の「吹雪」をすてて、平凡な「雪の風」としている。それが、かえってこの句をシンプルにし、俳景をはっきりとさせた。

この句は、屠者の静かで厳粛な、恐ろしいまでの緊張の一瞬が伝わってくる。雪を吹きぬけてゆく一陣《じん》の風を背景にして、敬虔な屠者の祈りの姿が見えてくる一句である。

「五輪峠」が成ったのは、大正十三年の三月二十四日であるから、賢治が俳句をはじめたのも、ほぼこのころである。そう考えて間違いない。

賢治二十八歳。この年の一月二十日、賢治は詩集『春と修羅』の刊行の意志をもって、その「序」を書いた。「五輪峠」が書かれたのは、九日のことである。

「岩と松」「五輪塔」「つゝじこなら」「おもむろに」「鮫の黒肉」の五句は、詩稿の一部を直接に俳句化したものである。後に述べることになるが、つづく「霜光」以下の六句は、やはり、下書きの詩稿の裏面を利用したり、詩稿の上に毛筆で重ね書きされたものであるが、詩稿の内容とは、直接関係がなく、つながりをもたない俳句になっている。が、「風の湖」以下の句は、賢治作と断定するには、まだいくらか疑問が残る、と全集（昭和五十一年版）でも記している。

理由は、賢治は詩稿の裏に俳句を鉛筆書きしたり、習字の練習のために奉書紙に自他の俳句を書いたりした。他人の句に感銘して書き写したものも混じっているし、当然、自分の俳句も書いた。その区別がはっきりとつきにくい、というのである。

「自炊子の」の句は、後の鑑賞のところで述べるが、はっきり賢治作ではなく、石原鬼灯の作であることがわかった。発見の経過は、後の菅原氏の本に詳しく書かれている。また、「蟇」の句は、鬼城の句の改変模写である。

それらを考慮しながら、これらの数少ない賢治の俳句鑑賞の助けになることを考慮し、あえて省くことをせずに、すべてをここに掲出し、鑑賞の対象にした。

鮫の黒肉《み》わびしく凍るひなかすぎ

【句意】短日の冬の正午すぎ、二時ころにはもううすぐらい時季である。店先の裸電球の下で、鮫の黒々とした身が凍り付いて売られている、何ともわびしい風景である、の意。

【鑑賞】「鮫」は、軟骨魚綱のうちのエイをのぞいた魚の総称である。関西以西ではフカ、山陰地方ではワニともいう。体形は紡錘形で骨格は軟骨からなり、「さめ肌」ともいわれるように、一般にひれが発達し、肌がざらざらしているのが特色である。口は体の下面にひらき、歯はきわめて鋭い。

賢治は鮫が好きだったらしく、童話「ペンネンネンネンネン・ネネムの伝記」に「風の中のふか
やさめがつきあたってるんだ」などとも見える。が、これは賢治がサメの大きいのをフカと考えていたらしいが、厳密には間違いである。また、その他、童話「山男の四月」にも「ほしたふかのひれが、十両《テール》に何斤くるか」などとある。前述したとおり、文語詩「萌黄いろなるその頸を」には「わかめと鱈に雪つみて、鮫の黒身も凍りけり」となっ

ている。

さて、掲出の句にもどろう。この句は、前句と同じように、口語詩「暮れちかい　吹雪の底の店さきに」の、「鮫の黒肉《み》はわびしく凍る」の、主格の助詞「は」を除いて、「鮫の黒肉わびしく凍る」とし、時間的背景「ひなかすぎ」を添景として、俳句に整えたものである。

「黒肉」は、鮫の黒い肉の塊である。実際の鮫の肉は白いらしいが、裸電球などの照明の下では黒く見えたのかもしれないし、たとえ白くあっても、賢治の心情で黒く映ったのかもしれない。幻想的な写生と取ってもいい。この句は「鮫の黒肉」と表現したからこそ、色の対照が鮮やかに読者に迫ってくる。ここに、賢治の「心象スケッチ」が感じられる。

獰猛で、もっとも強靭といわれた鮫も、肉塊として切り裂かれ、凍てて売られている。そこに賢治は「あわれ」を感じ、「わびしさ」を汲み取ったのである。

「わびし」といわずに、情は読者に感じさせればいい、それは通常の俳句である。「わびしく」とまでいってしまったところが、詩人・賢治らしくていい。

何度もくり返すようであるが、賢治の場合には「まず詩がありき」である。あくまで原詩があって、そのヴァリエーションとしての俳句がある。だから「鮫の黒肉わびしく凍るひなかすぎ」という表現になる。

原詩を明かしてしまうと「何だ、口語詩のパロディじゃないか」とがっかりしてしまう読者も多いだろう。が、じっくりと、この俳句だけ、もう一度味わってほしい。なかなか重い、いい俳句となっている。

この句の季語は、もちろん「凍る」で、冬である。でも、それほど賢治は季語を重要視していない。「ひるひなか」の正午すぎ。俳人はこんな語は用いない。賢治は、俳句的季語よりも、季語以外の措辞に、緊張感をこめている。

さて、賢治が菜食主義であったことは、有名であるが、作品にも「ビヂテリアン大祭」という文章もあって、ここに賢治の菜食主義のさまざまな考え方が示されているのが面白い。「ほかの動物の命を奪って食べる（略）これを何とも思はないのでゐるのは全く我々の考が足らないので、よくよく喰べられる方になつて考へて見ると、とてもかあいさうでそんなことはできない（略）もしたくさんのいのちの為《ため》に、どうしても一つのいのちが入用なときは、仕方ないから泣きながらでも食べてい、、そのかはりもしその一人が自分になつた場合でも敢て避けない」という。

そこで、「……屠者はおもむろに呪し　鮫の黒肉《み》はわびしく凍る」という口語詩ができ、それが、さらに、

おもむろに屠者は呪したり雪の風
鮫の黒肉《み》わびしく凍るひなかすぎ

という俳句にも発展したのであろう。そう考えると、ここに、賢治の〝詩の真実〟がある、そう思えてくる。だから、この句は、単なる原詩のヴァリエーションでは、終わらないのである。

賢治の俳句は、単に俳句作品のみをここに取り出して鑑賞するのではなく、その裏にひそんでいるであろう、賢治の他のジャンルにもすべて目を配って拾い出すことが、新たに鑑賞する人の手助けになる、そう信じているのである。

霜光のかげらふ《ママ》走る月の沢

【句意】　いま降りたったばかりの霜。その霜に月の光が降りそそいでいる。霜に、月の光が立ち降りた瞬間、ゆらゆらと陽炎がのぼりはじめた。それは走るように、勢いよく力強く天に向かって動きはじめたのである。これは幻想世界である。そのエネルギーのような陽炎は、走るごとくに昇りつめていった。あとに残るのは、皎々と照りつけている月の光の冷たい沢があるのみ……。それは、いのちを喪った瓦礫の谷である、という意。

【鑑賞】　これまでの賢治の俳句は、詩稿の一部を直接に俳句化したものである。

以下つづく六句も、やはり、下書きの詩稿の裏面を利用したり、詩稿の上に毛筆で重ね書きされたものであるが、これらは、その詩稿の内容とは、直接には関係がない。

この句も、下書きの詩稿の裏面に記された句である。しかし、その詩の内容とは、まったくつながりをもたない俳句である。

まず、「かげらふ」は、「陽炎」と「翔らふ」「蜉蝣」の三通りの意に取れるが、「陽炎」「蜉蝣」と取った場合は、旧仮名遣いは「かげろふ」とならなければならない。だから

「陽炎」や「蜉蝣」ならば、「かげろふ」の誤りということになる。「翔らふ」と取ると、「かげらふ」は、「かける」に接尾語の「ふ」が付いた「かけらふ」であり、このままの仮名遣いで通る。それは、「空をずうっと飛ぶ」の意であり、意味的にはこちらの方が自然である。が、そうだとすると、「かげ」ではなく、「かけ」とならなければ、おかしい。さて、どう解したらいいものか。「霜光」は「そうこう」と読むべきなのか、「しもびかり」と読んだ方がいいのか、とにかく「霜の光」の意味であろう。

それに「月の沢」。これは、月の光が皎々と降りそそいでいる、水たまりであろう。蘆や荻などがしげり、水草などが混じり生えている水地で、そこに、月の光がさんさんと降りそそいでいるのである。

このように想像をめぐらしてみると、俳句の常識から考えると、いろいろおかしなところばかりが目に付く句である。

まず、季語のだぶりである。「霜」と「月の沢」。そして「かげらふ」が「陽炎」であるとすれば「陽炎」も季語で、この句には季語が三つも入っていることになる。「蜉蝣」にしても同じことである。

「霜」が冬、「月」が秋、「陽炎」が春、もし「蜉蝣」なら秋である。「陽炎」なら、冬と秋と春の三季にまたがっている。

「霜」の降りる夜に、月が出ている状景というのは、現実にはあるし、想像にもかたくないが、問題はもうひとつの季語「陽炎」の場合である。

「陽炎」は、うららかな春の陽気のいい日に立ちのぼる水蒸気によって、遠くのものがちらちらとゆらめいて見えるさまをいうのであって、陽がないと成り立たない。昼間の天然現象をいうのが普通であり、だいいち、下五の「月の沢」の夜では、まず陽炎が立ちこめることは不可能であろう。

「かげらふ」が「かげろふ」の誤記で「陽炎」の誤りだと解釈すると、これは現実の景ではないということになってしまう。

先にも述べたごとく、宮沢賢治はあまり俳句の季語に拘泥していない。というより、とんと無頓着である。だから、一句の中に三つの季語を並べることも、平気であったということは、容易に考えられることではある。

自らの詩を〝心象スケッチ〟といい放っている賢治である。宮沢賢治の世界観から発する言葉は、地上のあらゆる動物や植物……、そして個体・気体・液体から気象にまでおよぶ、森羅万象を照射している。

この態度は、俳句においても、何ら変わらなかったというべきかもしれない。そう思ってこの句を鑑賞してみると、俳句的に見ると非常識な俳句が、一行の詩作品として解釈され、賢治の独自の幻想世界、彼の胸中のエネルギー現象として、読者に訴えてくるものがある。

この句の中心は、やはり「かげらふ走る」の「走る」の勢いにある。「霜光」も「月の沢」も、ともに幻想の世界……、生命現象の一部なのである。「翔らふ」と取ると、その光が動き出し飛翔し、天空に向かってすばやく走る……。あとに残されたのは、月が照り映す沢のみ……、という光景になり、「陽炎」の、ゆらめきのようなものはたちまち消滅し、宮沢賢治のもっている幻想の世界がひろがってこないばかりか、賢治の熱いエネルギーは、読者に少しも伝わってこない。やはり、「かげらふ」は、「陽炎」の誤記だとする解釈の方を、私は採りたい気がする。

さて、「かげらふ」にはもうひとつの解釈があって、「蜉蝣」とも取れる。ただし、この場合も「かげらふ」ではなくて旧仮名なら「かげろふ」としなければならないが……。「蜉蝣」は、フユウ（蜉蝣）目の昆虫の総称である。その飛ぶさまを春の陽炎にたとえて、またすぐ消える陽炎のように短命だからということで、〝カゲロウ〟の呼び名が付いたともいわれている。

この句の「かげらふ」が「蜉蝣」の「かげろふ」だとすると、季語は秋になり、下五の「月の沢」と合致する。

「皎々と降りそそぐ月の光……、その光の中を蜉蝣が飛ぶ……。天に向かって、まるでそのはかない死を急ぐように。あとに残った、瓦礫の岩が重なる沢は重く冷たい」というふうな解釈になり、俳句としての不自然さはなくなる。が、この場合も賢治の俳句としての幻想世界の面白さは消滅してしまう。

この俳句の「かげらふ」は、「陽炎」なのか「翔らふ」なのか、はたまた「蜉蝣」なのか、この中のどれかを選ぶことによって、まったく解釈が異なり、景もちがってきてしまう。賢治はいったいどういうつもりでこの俳句を書いたのであろうか。直接訊《き》いてみたいが、いまはそれもならない……。

それにしても不可思議な俳句であり奇怪な心象世界である。いろいろに解釈が成り立つ。いわゆる俳句としてすんなり鑑賞してしまっていいものだろうか。鑑賞すればするほど、いろいろの問題につき当たり、理解に苦しんでしまう俳句である。

また、賢治には、詩三三〇番の「うとうとするとひやりとくる」の書き出しの中で、

（うとうとするとひやりとくる）
（かげらふがみな横なぎですよ）
（斧劈皴雪置く山となりにけりだ）

とも表現している。

この条は、すべてカッコでくくられているめずらしい詩のひとつで、連句的ともいうべき形態でつらねて表現されている。この部分の「かげらふ」は、「陽炎」であろうが、書かれたのは、春とはほど遠い、十月二十六日のことである。

この「かげらふ」は、前後の関係から見ると、確かに「陽炎」のことである。ただし、透明な翅で飛ぶさまがかげろうのように見えることで、賢治の詩句は原義で、かげろうのゆらめきが、横ざまに立ちのぼるさまをいっているのである。また、賢治は「かげろふ」を「かげらふ」と誤記している。これらの詩を合わせみると、どうも賢治には「かげろふ」を「かげらふ」と誤記するクセがあったようである。掲出句の場合も、「かげろふ」の誤りとする方がいいのかもしれない。

これらを総合すると、「かげらふ」は「蜉蝣」と解釈するのが、俳句としては一番無理のない解釈であるが、逆に「陽炎」とすると、たちまち賢治らしい幻想世界があらわれてくる。「翔らふ」説には、少し無理があるように思われる。さて、読者は、何れを採られるだろうか。

菅原関也氏は『宮沢賢治――その人と俳句』の著書の中でいろいろに解釈し、「この句が鑑賞に堪えうるのは、一句の字づらといおうか、姿が不思議に整っている形式的な面と、『走る』の措辞に言い知れぬ魅力が秘められているからなのだ。むしろ、この句は限りなく幻想に近い作品とみた方が俳句としての魅力が増す。かげろうが生じるはずもない気象条件の中に、『かげろうが走った』と幻想したとすれば、意外性のある句として評価できる」といい、さらに、「牽強付会を覚悟でいえば、これは般若心経でいう〝不生不滅、不垢不浄、不増不滅〟の表象であるとも」と結んでいる。菅原氏も、この俳句の解釈には、ずいぶんと苦労しているさまが、よくわかる。

宮沢賢治は、確かに俳句をつくった。が、作品そのものは、俳句というより、やはり賢治の詩の一部と解釈した方がよさそうである。何度もくり返しいうようであるが、賢治の俳句は、あの詩人・賢治の独自の作品が背景としてあるからこそ成り立つのであって、のっけから、いわゆる俳句作品として対峙しない方がいい。

一句一句の中には、賢治の仏教観や幻想世界などがある。賢治が身に付けた地学・化学・天文学・物理学などという、大変にひろく深い世界が背景にあって、それを俳句形式という小さな器《うつわ》の中にも、盛りこもうとしている。

だから、単純な俳句として、表面的な意味だけに取ってしまったら、賢治の俳句は、本当にうすっぺらなものにしか伝わってこないし、ちっとも面白くない。

また「霜光」や次の「西東」なども、俳人には耳なれない措辞である。まず普通は使わないだろう。「霜」に「光」は付けないし、もし使ったら、一句をぶちこわしてしまうような言葉である。それを、賢治は平気で用いている。

ということは、賢治の頭の中には、俳句をつくろう、従来の俳句らしい句をつくろうという気は、まったくなかったのではないか。

少なくとも、「岩と松」「五輪塔」「つゝじこなら」「おもむろに」「鮫の黒肉《み》」の五句については、そのことがはっきりしている。俳句ではなく、賢治は、一行詩を書いたのである。いいかえれば、自作のエッセンスを、五、七、五という十七音の枠の中にはめこんだということである。

西東ゆげ這ふ菊の根元かな

【句意】　晩秋の寒い朝である。が、あたたかい菊日和になりそうである。いつか太陽がのぼりはじめ、菊畑の菊株の根元から、いっせいに湯気が這い、立ちのぼっている。その湯気は風に吹かれながら、西に東に大きくゆらめいて見える……、そんな意。

【鑑賞】　あまり、むずかしい句ではない。景としては、よく見えてくる。が「西東」とは、なんとオーバーで大雑把な表現であろうか。「菊の根元」からの湯気が這うとすれば、せいぜい数メートルだろう。それを、西東とは……。賢治は、この菊畑の群から、かなりはなれたところから見ているのだろうか。「西東」というからには、鉢植えではなく、かなりの菊畑である。壮大な景である。俳人は、まずこういう表現はしまい。西か東か、どちらかはっきりと景をしぼりこむ。ここが素人っぽいし、賢治らしいといえば、そうもいえる。

分類しているように、「菊」を詠んだ句は、後に「東北菊花品評会」の副賞としての短冊を書かされたときの連作がある。この句はその中には入っていない。単独の作品として解釈するしかない。

口語詩の「車中」（作品四一〇）の下書稿の裏面に、天地逆にして、毛筆で習字されたものである。が、内容はその口語詩と何ら関係はない。

また、この句は、前句「霜光」の句と同じ紙に、同時に記された句である。でも、「霜光」と併書され、「ゆげ」「かげらふ」と質的には似てはいるものの、かなりちがう内容の句である。「霜光」の俳句は、賢治の心象スケッチであり生命現象であるが、この「菊」の句の方は、そんな心理的なものは、少しもない。単なる眼前の風景である。風景は見えてくるが、俳句としてはつまらない。

賢治は、季語には、ほとんど無頓着であることは再三先にもいった。季重なりの句も多い。いっぱいある。極端な例は先の「霜光のかげらふ《ママ》走る月の沢」という句がある。「霜」「かげろふ」「月」と、季語は三つ重なっている。しかも「霜」が冬。「かげろふ」が春。「月」が秋。三季にまたがっている。四季の中で、夏をのぞいた季語が全部そろっている。こんな句は、俳句入門書であったら、もっとも悪い方の俳句の典型的な例にあげるだろう。だいいち、陽炎といえば、うららかな春の日に立ちのぼる水蒸気によって、遠くのものが、ちらちらとゆらいで見えるさまで、昼間の天然現象をいうのが普通である。

風の湖乗り切れば落角の浜

【句意】　晩春である。落し角の時期を迎えた鹿が、春風の中を爽快に駆けてくる。鹿は野を走り湖を渡りして、やがて視界がひらけ、それを「乗り切」って、ひろい浜に出た。その浜にきたとき、痒かった頭から、ようやく、ぽろりと片方の角が落ちた。その落ちた角を、渚が洗ってゆく……、という意。

【鑑賞】　この句は、文語詩「楊林」の詩稿の上に重ね書きされたもので、明らかに習字である。全集の校異によれば、「賢治作と決めがたく、疑問も残る」と注釈されている。そして、その理由は書かれていない。あくまでもこれは、習字として書かれたものであり、賢治の署名がないので、賢治作と決めがたいのであろう。全集としてはそうせざるを得なかったのはよくわかるが、逆に、賢治作ではない、という理由もまったくない。

この句と次の句についていえることは、「落し角」が季語となっていることである。「鹿の角」は、四月の上旬から七月上旬にかけて落ちる。鹿はこのころ、角の根元がもろくなって、急に落ちる。片方ずつもろくなって落ちるが、落角した鹿は、気が弱くなってしまう。初夏になると、落ちた角のあと、また、角座の先はどんどん成長する。その芽生える角を「袋角《ふくろづの》」と呼んで、これも季語となっている。血管に富んでいて、石灰が運ばれて沈着し、しだいに骨質の角が形成される。そして、八月下旬から十月中旬になると、また立派な角が生《は》える。角の大きさや叉《また》の数は、年齢や栄養に関係するが、ふつうは、再生するたびに叉がひとつずつ増える、といわれている。

さて、すでに述べたことであるが、賢治の俳句作品の場合、普通の俳人とくらべて、季語の重複やいわゆる俳句的季語に、ほとんど執着したり配慮しない。あまり関心がない。が、この句の場合は、むしろ季語が中心である。「落し角」が、句のキーワードとなっている。ということは、どういうことを意味するのであろうか。

動物へ、ことのほか関心の深かった賢治は「落し角」という季語に、とりわけ興味をそそられたのかもしれない。それが、たまたま俳句の季語に当たった。そう考えると、この句と次の句も比較的素直に解釈することができる。

鳥の眼にあやしきものや落し角

【句意】 鳥が旋回している。その鳥の眼から俯瞰して見てみると、何と怪しく不可思議なものに見えることだろう、落し角の鹿は、という意である。

【鑑賞】 「落し角」の、二句目の句である。前句の「風の湖」とともに、文語詩の「楊林」の詩稿上に重ね書きされたものである。明らかに習字であり、署名もないところから、全集の校異では、これも「賢治作と決めがたく、疑問も残る」と注釈されている。「鳥の眼に」とあるから、「鳥の眼には」「鳥の眼に対しては」、という意味であろう。「あやし」は、「あやしき」「妖しき」「奇しき」など、賢治は、いろいろに使用している。たとえば、

〔血のいろにゆがめる月は〕

（略）

木がくれのあやなき闇を、　声細くいゆきかへりて、

熱植ゑし黒き綿羊、　その姿いともあやしき。（傍点筆者）

など、他にも、七つの文語詩に、その例が見えるところに注目してみても、賢治がかなりこの「あやし」に執着しつづけていることがわかる。

また、この句の場合は、「あやしきものや」という措辞が使われている。「ものや」は、詩人の俳句というより、むしろ旧い俳人らしい表現である。

特に「や」という切字は、使い方がむずかしいが、この句では、ごく自然体に使われていて、疑念に無理がない。そこが俳句的であり、逆に、賢治らしくないともいえる。

作者の眼とせずに、「鳥の眼」に仮託して、擬人化したところは、詩人・宮沢賢治らしい。が、それにしても、この句は完成されている。句として、破綻がない。賢治作と断定されれば、秀作のひとつに入る句である。それほど、俳句の呼吸をこころえた作である。それだけに、素人っぽい賢治の俳句の中に置いてみると、賢治作かどうかという疑問が逆に残る、ともいえる。

(自炊子の烈火にかけし目刺かな)

【句意】 ふるさとを出てきて、遠く自炊している子、その子が、あかあかと起きた勢いのいい火の上に鉄器を置き、いま目刺を焼いていることよ、の意。

【鑑賞】 いい句である。よく景が見えてくるし、鮮やかに熾る火、その上の小さな目刺。わびしい自炊子の生活がよく見えてくる。全集の校異によれば、この句は、文語詩の詩稿上に重ね書きされた句であるという。『校本 宮沢賢治全集』の校異を引用してみよう。

文語詩「職員室」未定稿の詩稿上に重ね書きで、毛筆、墨で習字されたもの。「自炊子の」が裏面（詩句記入なし）に、「目刺焼く」が表（詩稿に重ね書き）に、ともに五・七・五の分ち書きで習字されている。裏面から書かれたものと見て、「自炊子の」を先に掲げた。この二句も賢治作と決めきれない。

この句は、はっきりと賢治作でないことが判明した。菅原閧也氏の功績によるものである。その経過は、氏の『宮沢賢治――その人と俳句』に詳しいので、詳しく知りたい方は、その著書を読むことをおすすめするが、結論をいえば、この俳句は石原鬼灯《きちん》の句である。

その書を読んでわかったのだが、この句は、筑摩書房の『校本　宮沢賢治全集』『新修宮沢賢治全集』『文庫本　宮沢賢治全集』のすべてに、掲載されている。それを石原鬼灯の作であり、賢治の作ではない、と断定したのが、先の菅原閧也氏である。

菅原氏は、習字稿の筆跡の鑑定からはじまり、賢治が読んだと見られる俳書、新聞などに詳細に当たり、ついに「国民新聞」にその鬼灯の投句を見つけ出したのである。発見までの経過を読むと、まさにその追求に賭ける執念には、すさまじいものがあった。

菅原氏は、賢治が、何によってこの句を知ったのか、アンソロジー類をかたっぱしから渉猟しているうちに、とうとう、河出書房新社の『現代俳句集成』第三巻（昭和五十八年）の「国民俳壇抄」にぶつかった。長い時間の末、とうとう「自炊子の」の句に出会った。作者は「鬼灯」とあった。まず「国民新聞」の明治四十三年四月十六日付松根東洋城選で掲載の確認、次に「鬼灯」という俳人は、どういう人物なのかの追求調査を重ねていった。やがて掲載月日は、国立国会図書館のマイクロフィルムによってつき止めることができた。そして、作者は俳句文学館からの返答の葉書によって、山梨に住んでいた「雲母」

の俳人石原であることもわかり、生家の子息正之助氏にも話を聞くことができたという。「国民新聞」の切りぬきを保存していたのは、故飯田蛇笏氏。その切りぬきを子息の飯田龍太氏が提供してくれ、同誌（「雲母」）の同人・福田甲子雄氏が撮影してくれたという写真までも、その著書の口絵「資料と要点」に掲載されている。

これは、最新の『校本　宮沢賢治全集』の俳句作品の一句を削除するという重大な仕事であり、この発見の記事は「河北新報」（平成三年一月十三日）「東京新聞」（平成三年一月十五日）に掲載された。その成果をふまえていたからこそ『宮沢賢治――その人と俳句』の刊行となった、といってもいい。

石原鬼灯は、本名は石原甚弌。山梨県東八代郡出身の医師で俳人である。医学生時代、「国民新聞」の俳句欄の明治四十三年四月十六日付に、松根東洋城選で、「自炊子の」の句が入選した。

さて、この句は石原鬼灯の句とはっきりわかったので、当然、宮沢賢治の句から外すべきである。が、この句をふまえて他の句ともいささか関係があるため、ここに残した。そのため、（　）を付けてここに入れた。

目刺焼く宿りや雨の花冷に

【句意】 桜の花の咲く花冷のある刻。外は雨が降りはじめた。その雨のために、少し寒さが身にしみる一日である。七輪に炭をのせ、火を起こしその上に目刺を置いて二、三匹焼く、煙とともに部屋の中が少しずつあたたまってきた。外の雨はあい変わらず止みそうにもない。雨に打たれた桜が頭を垂れて滴を落とし、いかにも寒々としている……、という意。

【鑑賞】 春のある日あるときの風景を、そのまま句にしたものである。

文語詩「職員室」の未定稿の上に重ね書きされた句である。「自炊子の」の句の裏に習字されたもの。

「自炊子の」の同じ詩稿に、墨書されているところから見ると、この句も賢治ではなく、別の作者の俳句である可能性も十分ある。

さて、「自炊子の」「目刺焼く」の二句を、まず比べてみよう。これらは、目刺しを焼いているという行為から見ると、似ているように見える。が、前句は烈しく、後句はおだやかでやさしい抒情にあふれている。また、前句は室内のみの風景、後句は目刺しを焼く室内と雨の花冷えという、屋内外の両方からとらえている。そのひろがりの角度がまったくちがっている。

どうして「自炊子の」の句に、賢治がそれほど惹《ひ》かれたのか……、その理由を菅原関也氏は、「自分も寄宿舎生活をしており、『自炊子』に共感したとも考えられるし、『烈火』なる言葉が、中学生賢治には極めて歯切れのいい、強烈な魅力を秘めていたこと、さらに『目刺』が春の季語であったことへの軽い驚き、などが考えられる」と、書いている。

この俳句の中で、詩人の宮沢賢治が「烈火」という言葉に強く惹かれて、鬼灯の句を書き写しておいたということは、十分考えられていい。だから、賢治作と誤って全集に入集されても、無理はない。

が、二句の内容を見ると、句柄がかなり異質である。前述したように言葉の使い方も、目の付けどころも、まったくちがう。だから、鬼灯の目刺しの句に賢治が惹かれて、自分もひとつ目刺しの季語を使って俳句なるものをつくってみようと思い、同じ未定稿の上に、即吟して墨書したとも考えられる。「自炊子の」の句は、「烈火にかけし」の語が、詩語として際立っている。後句「目刺焼く」の句は、温雅で、いかにも即吟らしい大人しい句に、まとまってしまっている。

私の好きな句で、目刺しといえばすぐに口を衝《つ》いていて出てくる句に「木枯や目刺にのこる海の色」がある。芥川龍之介の有名な一句である。でも、「目刺」といえば春のもの。

目刺しは、マイワシ・ウルメイワシ・カタクチイワシなどを五、六尾ずつ竹くし、またはワラに通して干したもので、目を刺したものを目刺し、エラから口を通したのをホオ刺しと呼んでいる。鰯そのものは秋の季語である。春の鰯は、油がのって目刺しにするとうまい。細くすっきりしたものがマイワシ。まるまるとしたのはカタクチイワシまたはウルメイワシで、もっとも小型のものはコベラと呼ばれている。ひと口で食べられるコベラの目刺しは高級品で、この焼きたてを吹きながらの晩酌の一杯は、酒の味をことのほかうまくしてくれる。酒の肴《さかな》としては、最高のつまみとなる。

『滑稽雑談』(正徳三年)には一月として所出し、「これ和俗の白魚を採りて、魚目を細竹串をもつて数頭を貫き、編みて腱となす。呼びて目刺と名づけ、春月相賞するものなり。これも古来より春に許用す」とある。また、『改正月令博物筌』(文化五年)にも「白魚のほしたるなり。竹の串をもつて白魚の目をつらぬきほして売るなり。勢州《いせ》より専《もっぱ》ら出る」などとあり、江戸時代には、イワシではなく、シラウオの目刺しを、季語としていたことがわかる。

このごろは、他の魚貝類と同じく、目刺しは一年を通して売り出されているから、「目刺」は、春としての季感が薄らいでしまっている。

賢治の「目刺焼く宿りや雨の花冷に」の句も、「目刺」と「花冷」と季重なりがある。でも、「花冷」の方の季感が強い。もっとも、何回も述べているように、賢治は季重なりをほとんど意に介さないので、この句の場合も、賢治作としても、季重なりを指摘する必要はない。むしろ、逆に、季重なりとした方が賢治の作品らしいといえる。

さて、この句は、「目刺焼く」という火のイメージと、下五の雨の対照がよく効いている。中七を「や」という切字で大きく切って、下五を「花冷に」という中途半端な助詞で止めたところに余情が出て、この倒置法にも無理がなく、ごく自然であって、いかにも即興の句らしく仕上がっている。

そんないくつかの点を考えあわせると、前句は鬼灯の作であったが、この句の方は、ほぼ賢治の即吟と見ていいだろう。

即吟の句であるから、句意もきわめて平明である。

「自炊子の」の鬼灯の句に刺激されてつくったのであろう。「自炊」からの展がりで「宿り」が出てきたのかもしれない。「雨」をもってきたところが、なかなかのものである。

「花冷」の時期に、部屋の中で目刺しを焼いているのも、わびしい風景ではあるが、「雨」

を加えたことによって、よりいっそうのあわれさが伝わってくる。そう思って読むと即吟にしては、なかなかの句である。

全集の編集者は、この句も疑問の一句にしていることは述べた。確かに賢治の句だと断定できる証拠は何ひとつない。が、この何となく素人っぽい情景描写には、好感がもてる。初心者は、よく下五を「……に」のように中途半端に終わらせる表現が目立つ。

俳句は一句で独立している。付句を予想する連句の場合はともかく、一句独立の俳句の場合は、まずいい切ることである。そこで「に」「を」「て」止めなどの表現は、なるべく避けるのがふつうである。「に」「を」「て」止めにすると、何か下に付けたくなる。短歌における七・七をつづける場合と同じである。

そのことを思うと、賢治が即興でつくったとしたら、ごく自然である。俳句にそれほどまだ詳しくなかった賢治にとっては、技巧におぼれず、思ったままの情景を、素直に一句に表現しているとすると、大らかでなかなかいい、という感想になる。情趣あふれる、気持のいい賢治の一句として、素直に受け取っておきたい。

鶚《たか》呼ぶやはるかに秋の濤猛り

【句意】　小鷹狩りをしている猟師がいる。その彼が、ハイタカにもどってくるように合図を送ったのだ。ハイタカのはるかかなたに、海がのぞんで見える。天候は、きょうは荒れ模様である。秋の大濤が、白く大きくうねりつつある。波は、怒るように猛りくるっている……、の意。

【鑑賞】　さて、この句は破損した奉書に、後出する「花はみな四方に贈りて菊日和」とともに書かれている。全集でも賢治作かどうか疑念を残している句のひとつである。

が、賢治の詩の作品の中にも「鷹」は多く出てくる。「小岩井農場」「風の又三郎」「林学生」「郊外」「よだかの星」「ひかりの素足」など……。あげ出したらきりがない。

たとえば、

鷹が磬など叩くとしたら
どてらを着てゐて叩くでせうね
（詩「林学生」）

遠くでは鷹がそらを截つてゐるし
どこかに鷹のきもちもある
（詩「小岩井農場　パート三、パート七」）

林の中で鷹《たか》にも負けないくらゐ高く叫んだり
（童話「風の又三郎」）

鷹は鱗を片映えさせて
まひるの雲の下底をよぎり
（詩「郊外」）

たくさんの羽虫が、毎晩僕に殺される。そしてそのたゞ一つ僕がこんどは鷹に殺される。
（童話「よだかの星」）

一疋《ぴき》の鷹《たか》を見たとき高く叫びました。
（童話「ひかりの素足」）

つぐみなら人に食べられるか鷹にとられるかどつちかだ。
（童話「ビヂテリアン大祭」）

またあたらしく帝王杉があらはれて

風がたちまち鷹を一ぴきこしらへあげる　（詩「華麗樹種品評会」）

鳩《はと》だの鷹《たか》だの睡《ね》るもんだたていま夜《よる》だなぃがら仕方《しかた》なぃがべ。　（劇「種山ヶ原の夜」）

ほんとうは鷹《たか》の兄弟でも親類でもありませんでした。かへって、よだかは、あの美しいかはせみや、鳥の中の宝石のやうな蜂《はち》すゞめの兄さんでした。　（童話「よだかの星」）

など、いずれも「鷹」の文字が見え、この句のような「鶻」はない。

「鶻」はハイタカ、ハシタカのこと。この句でも「タカ」と読ませる。多くは「鷂」の文字をあて、むかしは雄の「兄鷂」（コノリ）と区別して呼ばれていた。が、コノリは雌より小さく、鷹狩りには適さないこともあって、コノリと呼ばれることが少なくなり、雌の名だけであった「鷂」（ハイタカ）の名を、雌雄の共用にするようになった、という。

ハイタカは、もちろん秋の季語。「秋の濤猛り」も秋で、季重なりである。大変、スケールの大きな光景である。鋭い「鶻」と下五の「濤猛り」は、どちらも動きが大きく強い表現で、少し付きすぎといっていいかもしれない。が、この「鶻」の文字にこだわっているところが、いかにも詩人の賢治らしくも思える。

雄大で力強い俳句。動物好きな賢治に、こんな一句があってもいいような気がする。が、はっきりと断定することはできない。


賢治の世界はひろく、深い。詩人・作家としては、日本ではもちろんであるが、世界的にも、おそらく類がないと思われる、多種多様の言葉を使用している。そんな彼を、いったい何と呼んだらいいのだろう。賢治研究家のひとり原子朗氏は、「百科全書的詩人《エンサイクロペディック・ポエット》」と呼んでいるが、その多彩さを、よくいい当てている。

また、彼は、名辞の詩人でもある。たとえば、天文・気象・地学・地理・歴史・習俗・方言・地名・人名・哲学・宗教・農業・化学・園芸・生物・美術・音楽・文学……など、いろんな分野の名詞が、ごく自然に、そして軽やかにくり出されてくる。それは、何といったらいいのか……、はだかの言葉たちの無垢な実在感、軽快さである。

俳句の場合も、それは例外ではない。俳人たちがもっている、古典派・教養派の俳句独特の文学臭を、まったく剥ぎとった言語として、ハイクをつくっているのである。俳句ではなく、賢治独自のハイクをつくっているのである。

蟇ひたすら月に迫りけり

【句意】　蟇が一匹いた。月の光を浴びている。その蟇がゆっくりと歩みはじめた。あたかも、一歩一歩、その月へ向かってゆくようである、という意。

【鑑賞】　この句は、本格である。たくましい蟇の生命感、重量感がよく伝わってくる。みごとである。特に「月に迫りけり」に実感《リアリティ》がある。「蟇」と「月」は季が重なってはいるが、月下をのっそりと歩いてゆく蟇が描破され、「迫りけり」で納得させられてしまう。が、実は、この句も賢治の作ではない。村上鬼城の句の改変であった。この経過についても、先の菅原関也氏の『宮沢賢治――その人と作品』に詳しい。

彼は、賢治がいかに村上鬼城の句に魅了されていたかを証明する唯一の資料は、賢治の書き残した鬼城の句の習字である、と指摘する。

右端上が破損した半紙に、

蟇ひたすら月に迫りけり

大石の二つに割れて冬ざる、

の二句が書かれていて、どちらも鬼城の作品の一部が替えて模写されている。

この村上鬼城の句は、「ホトトギス」大正十二年五月号が初出で、

驀一驀月に迫りけり

である。賢治は、この「一驀」を「ひたすら」に書き替えてしまった。

ところで、「一驀」は「いちばく」と読む。『大字源』を引くと、「驀」は「ばく」「ばと出ていて、字義は、①「のる」「のりこえる」、②「たちまち」「急に」「にわかに」とある。

もともとは、音符の馬（うま）と、音符の莫（ばく、かさねる意＝培一〈ばいはい〉）とからなる。馬の背中に身を重ねる、馬に乗る意、と辞書にも出ている。

これだと、驀が歩き出し、ひとまたぎして月に迫った、という意。または、驀が、たちまち月に迫った、という意の、どちらかである。

鬼城は、境涯俳人といわれている。特に、小動物へのあわれみの句をよく詠んでいる。「鷹」の同人である俳人大畑善昭氏は、先の一文で、童話「よだかの星」のよだかを、こ

の蟇に置き換えてみれば、句意はおのずから判然としてくる、と述べている。確かに賢治が鬼城の句に魅力を感じ、習字した動機は、そのあたりにあったかもしれない。が、大畑氏はこの句の原型が鬼城の句にあったことは、知らなかった。

賢治にも「よだかの星」をはじめ、蟇が出てくる。ユニークなものでは、

そらはいま蟇の皮もて張られたりその黄のひかりその毒のひかり

などの歌もある。

鬼城といえば、たちどころに引かれる句に、

冬蜂の死にどころなく歩きけり

闘鶏の眼つむれて飼はれけり

など、動物への憐みを句材にした境涯作品が特に多い。それは定評のあるところである。が、賢治は、鬼城の「一驀」を「ひたすら」とした。賢治のよだかは、悲愴感が感じられるが、この「蟇」は、雄渾な生命感すら感じさせる。こうなると、鬼城の「一驀」とくらべると、ずいぶんちがったものになってしまう。鬼城の眼と賢治の眼の相違であろうか。それはみごとというほかない。

ところで、賢治は、「一驀」を、どうして「ひたすら」に変えたのか。大畑氏は賢治の「一驀」の句を知らずに鑑賞を加えているので、それはそれで面白い。菅原氏は、当初は「ひたすら」として賢治作の公算が大きいと信じていたが、後に、原句の「一驀」を知って、鬼城作として鑑賞している。

が、「一驀」には、「ひたすら」の意はない。「たちまち」「にわかに」の意を、賢治は「ひたすら」に変えてしまったのであろうか。句意としては、蟇が歩きはじめた、その一歩進むごとに、「たちまち」月に迫った気がした、という方が、いかにも蟇らしいではないか。「ひたすら」というと、一途な気持は出るが、蟇とあまりにもあいすぎていはしまいか。そんな気がする。

菅原氏は、「これが鬼城作の改変と判明したのは、『校本　宮澤賢治全集』第一刷発刊の昭和五十一年十一月三十日から五十二年十月十三日までの間、『校本』からこの句を消除したのは、五年後の七刷から」という。

大石の二つに割れて冬ざるゝ

目の前に大きな岩石がある。それが見る見るうちに真二つに割れてしまった。もう冬も深くなり、万物は枯れはてて、「冬ざれ」の季節である、の意。

この句は、原句では、

大石や二つに割れて冬ざる、

と、「大石や」である。

賢治は、自分の好みに合わせて、原句を少し変え、習字したのである。「初出は、大正五年四月号の『ホトトギス』である。賢治の存命中に『鬼城句集』は三種類が刊行されている。その中で、二句が同時に収録されているのは、大正十五年刊の『鬼城句集』（大阪・浅井啼魚方）だけである。賢治にこの『鬼城句集』を見せたのは、仙台出身の医師の草刈兵衛に間違いない」というのが、先の菅原閑也氏の結論である。その経過を、まるで推理小説の謎ときのごとく、鮮やかに先の著書の中で述べている。

鳥屋根を歩く音して明けにけり

【句意】　うとうとと目覚めると、鳥が屋根を歩く音が聞こえてくる。コツコツ、コツコツと、はじめは何の音かわからなかったが、鳥の足音だとわかってみると、はっきりとそれが確認され、ああ、ようやく夜が明けたのだと思う、という意。

【鑑賞】　無季であり、句意平明で、何という程の句でもない。賢治の〈心象スケッチ〉も迫ってこない。が、菅原氏は先の著書で、こんなふうに鑑賞している。

「ある日、夜から翌朝にかけて、賢治は病状が急激に悪化、死を覚悟するほどの苦しみを味わったに違いない。発熱、発汗。医師を呼びたくても夜のことゆえ迷惑をかけたくない、家の人にも心配させたくない。噴き出るような汗で身体中はびっしょりだ。自分で身体を拭き、下着を幾度も替えたのだろう。眠るにも眠れない。病苦と闘った一夜が明けようとするころ、ようやく苦痛が和らいできた。鳥が屋根を歩く音が聞こえる。魔の一夜が明けたのだ」

いささか、のめりこみすぎた鑑賞ではあるが、気持は、そう隔たってはいないだろう。

きっと、病床の賢治も、それに近い心境だったことは、十分に想像できる。
そう思ってこの句をもう一度味わってみると、この句が無季であることを越えて、いっそう読者に迫ってくる。

右側の句は「鳥屋根を歩く音して明けにけり」、左の句は「ごみごみと降る雪ぞらの暖かさ」と読まれる。いずれも賢治自作かどうか疑問が残る。ただ、この場合「風耿」署名がはっきり残されているので、少くも「鳥屋根を……」は、自作の可能性が大きいと思われる。

全集校異にはそう記されている。
この句は、無季の句である。何度もくり返していうように、賢治は季語には執着していない。だから、よけいに賢治らしいと思わせてくれる。

ごみごみと降る雪ぞらの暖かさ

【句意】　雪が降ってきた。その降り方は、いかにもごみごみとしている。空を見上げると、雪だというのに、そう寒そうでもなく、むしろ心あたたかくさえ感じる。そんな雪模様である、の意。

【鑑賞】　この句も、そう上等の句ではない。特に、雪の降る夜の「暖かさ」という発想は、古い。

まあ、しいていえば「ごみごみと」という擬態語が詩的であることだろうか。「ごみごみと」には、詩人・賢治の雰囲気は出ている。が、天才詩人の賢治の詩語としてみれば、そう驚くほどの措辞でもない。雪といえば、「しんしん」または「霏々と」などの形容が常套句である。でも、「ごみごみと」といわれてみると、なるほど、とは思う。やっぱり北国の雪である。確かに賢治は「ごみごみと」以外には、表現しようがなかったのだろう。

状景としては、何も目新しいものはない。が、この、やや俗っぽい「ごみごみと」という雪を想起してみると、やっぱり賢治の雪だな、と思う。

だから、そのあたりから、この作も、賢治ではないか、と想像できる。「ごみごみと」に賭けてみたい気がするのである。他の部分はたいしたことはなくても、このたった五字に賢治を感ずる、そんな句があってもおかしくない。

賢治は、詩ほどに俳句にのめりこんではいなかった。だから、部分に、詩の語をちりばめたのである。この句でいえば、それが「ごみごみと」という措辞であった。既成の俳句の言葉にとらわれず、賢治は、自分のつくりたいように表現した。そこに賢治の俳句の特質が見える。しばしばいうように、賢治の詩は〝心象スケッチ〟であった。その〝心象スケッチ〟を試みた賢治が俳句をつくったときに、たまたま「ごみごみと」という語が、俳句の中に生きたのである。「ごみごみと」という形容を借りたことのみで、この一句は蘇《よみがえ》った。そんなふうに考えればいいだろう。この句は、そんなに重い句ではない。そこが賢治らしいところでもある。

菊の連作鑑賞

魚燈して霜夜の菊をめぐりけり

【句意】　魚燈をかかげて菊花展に出品された菊の列をめぐっている。大輪の菊が照らされて、ランプの光に輝いている。折から白く霜が降り、寒い夜がつづいている中を、ゆっくり心豊かな気分でめぐる、の意。

【鑑賞】「魚燈」とは、イワシやニシンなど、脂肪分の多い魚から採った油を用いて灯すランプのこと。

昭和七年のころに、「魚燈」など……、と思われる人があるかもしれないが、むしろこの句の場合は、「魚燈」で俳句的になり、素朴で地方色があり、面白い。ただし、「して」はどうであろうか。「魚燈点し」とか「魚燈得て」と、はっきりいった方がよかった。「魚燈」は、職人気質の菊師の姿を彷彿とさせるのに十分すぎる役目を果たしている。名人の菊師が、丹念に育てあげた自慢の、王者のごとき大輪のひとつひとつを、淋し気な「魚燈」が照らし出す。ここには、みごとな菊への菊師の愛情が、描き出されている。「霜」といえば、雪・霙などと並んで、賢治のもっとも好む気象現象である。

また、「霜」と「菊」は季重なり。が、賢治は、季語にこだわっていない。花巻あたりでは、十・十一月ともなれば、当然、霜の降りることはめずらしくはないだろう。菊花展のころ、霜が降りるのは、ごく普通のことだった、かもしれない。

「装景手記」ノート五十二ページでは、「かほる霜夜を」の形で残っているが、五十四ページで中七を「霜夜の菊を」に直した跡が見える。

灯に立ちて夏葉の菊のすさまじさ

【句意】 闇の中の灯に照らし出されて、夏葉の菊が、そのあかりの中にすっくと立っている。その姿は、何と冷やかで、いっそう秋らしさを感じさせることよ、の意。

【鑑賞】 「夏葉の菊」がよくわからない。「夏葉《かよう》の菊」と読んで、「夏菊」のことであろうか。

賢治は、季語にほとんど無頓着であった。まして、菊の時季でないときに、菊の句を無理やりつくらされるのは、もっとむずかしかったであろう。

「すさまじ」は、季語でいえば、秋の冷気の淋しさ、凄さ、心細さをさそうのをいう。「冷《ひや》やか」よりも、いっそう秋が深まったことをいう。

でも、辞典的に解釈すれば、①ものすごい、②おどろくべきだ、③あきれはてる、④おもしろくない、殺風景だ、などの意に用いられる。

賢治は、夏葉の菊をみて、早咲きの菊にあきれ、何と殺風景なことだろう、と思ったのかもしれない。

昼見た菊の葉は、深緑色で生き生きとして生命力が感じられた。それなのに、夜の灯に照らされた菊の、何とまあ凄まじいものよ、と感じ取ったのだろう……。俳人では、こんなとらえかたはまずしない。

斑猫は二席の菊に眠りけり

【句意】　菊花展の菊の、二席目（第二位）の大輪に、道おしえといわれる斑猫《はんみょう》が止まり、いま、眠りに落ちているわい、の意。

【鑑賞】「斑猫」の句は、原句では、

　班猫は二客の菊に眠りけり

となっている。が「班猫」は「斑猫」の誤りである。「二客」は、後に「二席」に直された。

「斑猫」は夏の季語。「道おしえ」ともいう。二センチほどで、赤・黄・紫・緑・黒などの斑点をもつ甲虫である。地上にいて、人が来ると飛び立って、少し先に待っていて、近付くとまた飛ぶ。そのようすが、まるで行く先の道を教えてくれているようなので「道おしえ」の名がある。

普通、俳人には「斑猫」の動きをとらえた句が多いが、賢治は眠っている「斑猫」を描いた。そこに賢治の、詩人らしい眼がある。

「二客」よりも、「二席」の方が素直で自然である。一席ではなく、「二席」に眠らせたところに、賢治のひかえ目な性格がよく出ていて、好ましい。

緑礬をさらにまゐらす旅の菊

【句意】 観菊会である。他国から運ばれて、旅をしてきた大輪の菊が、夜になって照明に映え、その灯をうけて、葉の緑色をいっそう濃くしている……、の意。

【鑑賞】 これは、挨拶句である。先にも述べたように、この一連の作品は、「東北菊花品評会」の優秀作に副賞として、短冊を贈るためにたのまれてつくったものである。

だから、旅をして参加してきた菊への挨拶をした。ここに賢治のやさしさが出ている。が、この句は、「品評会」の前提なしに、素直に「旅の菊」旅先の菊、と読んでも、十分に面白い。

「緑礬」は「りょくばん」、または「ろくばん」と読む。メラントライト（mélantérite）のこと。ロク八ともいう。白鉄鉱、黄鉄鉱などの酸化二次鉱物である。青写真の感光剤や顔料、還元剤、媒染剤などに使われるが、透明に近く濃淡各種の緑色をして、ガラス状の光沢を放つ。硬度は二。秋田県の尾去沢《おさりざわ》鉱山に、その天然のものが産出する。

「さらにまゐらす」は、さらにその色を深める、濃くする、の意であるが、いかにも古めかしい表現である。

この古めかしい表現も「緑礬を」と冠せられ、硫酸第一鉄と交響すると、妙に新しく感じられ、一句の中に、しっくりと落ち着いてしまうから、不思議である。賢治の句は、そういう逆転の発想の不思議さを保っている。

また、硫酸マグネシウムは、花の水上げに用いられる、というから、その代用として用いられた、とも考えられる。賢治はその方面では専門家でもあるから、そういうことは十分に考えられていいことである。水上げの「緑礬」を、「さらにまゐらす」とした、と解釈してもいい。それでも面白く、むしろ、賢治らしい俳句になる。

原句では、下五は「首座の菊」であった。「旅の菊」の方が、句がぐんとひろがりをもつ。

たそがれてなまめく菊のけはひかな

［句意］ 朝の菊もいい、昼の菊もいい、が、黄昏の中の菊の大輪は、もっともなまめか

しく、艶があり、菊の中でも素晴らしさを見せつけてくれる、という意。
【鑑賞】　菊は、一般にいって、豪華、優雅……の形容には適するが、なかなか「なまめく」という形容には当たらない。しかし、賢治はそれにエロチシズムを感じつつ、色っぽい、と見ている。これは、賢治独得の感じ方であろう。

色は何色だろう。菊には、白・黄・ピンクなどいろいろあるが、この菊は、薄紅色であろう。それが「なまめく」菊であり、この句の眼目になっている。賢治の詩人としての資質が、このへんによくあらわれている。

「たそがれて」の「て」は、黄昏れてきたので……、という原因・結果が見えてくる。そこが句としては弱い。「たそがれの」とつづけてしまった方が、むしろいい。

たそがれのなまめく菊のけはひかな

とすると、夕暮れの時間の一瞬をとらえた感じになり、句が引き緊まって、説明的でなくなる。

ところで、この句は、一句一章の説明的な句である。いうまでもなく、俳句には、一句一章と二句一章がある。

一句一章は、句切れがない、上から下につづいた、述べ型の句である。二句一章は、一句の中に一箇の断切（休止）がある句である。これによって、分けられる上下の二つの部分は、それぞれの固有の概念や意味をもっているが、その二部分がふれ合ってひとつの効果をなす、という説で、大須賀乙字などによって唱えられたものである。

でも、この句は、その切れがないことが、逆にひとつのリズムとなっている。本来ならば「けはひかな」などは、削除されるべきであるが、そこが流れとなって、リズムをもって響いてくる。また「菊」をのぞいて、他がすべて仮名書きになっているところも、優美である。いかにも艶っぽさを出している。その表現を見るとき、賢治は、なかなか一句の中の表現に工夫をこらしていることがよくわかる。一見、無雑作であり、俳句らしさを無視しているかのようでありながら、しっかりと、賢治らしい配慮を忘れてはいない。こんなところが、賢治の俳句の特色でもある。

「菊花品評会」のための作品であるが、それと関係なしに読んでも、十分に作品のよさが伝わってくる。

朝の菊はみずみずしく、昼の菊は昼の菊なりの風趣があるが、賢治はこの句によって、黄昏の菊をとらえて「なまめく」と表現している。

一日を咲きつくした菊の花は、少しつかれて精気を喪っているかのように見えるが、賢治は、その菊を通して、艶っぽさを感じている。このあたりが、いかにも詩人賢治であろう。

「……て……の……かな」と、やや説明的に述べているところは、俳句というより散文的である。

日中の暑さにうんざりし、夕方の菊が再び爽やかさを増し、なまめいた。その安息の時間と安堵感が表現されている。

賢治は、菊花品評会で、俳句の他に短歌も詠んでいる。

　岩はしる水の姿によそほひていよよに白きこの菊の花

などをはじめそのときの短歌がいくつか見える。

なお、小沢氏は、この句の「なまめく」という言葉のエロチシズムは「ほほえましきことであり、反対にかなしく何かこわいことでもある」と述べている。

魚燈してあしたの菊を陳べけり

【句意】　魚燈を掲げて、翌日の朝にそなえて、菊をならべ替えよう、の意。

【鑑賞】　先の一般句の、「魚燈して霜夜の菊をめぐりけり」の項で「魚燈」については述べた。「装景手記」によると、中七の「あしたの菊を」は「小鉢の菊を」であった。「小鉢の菊を」では、単に菊を見たその場の光景にすぎないが、「あしたの菊を」になると、次の朝に備える菊のすがた、という展開になり、さらにひろがる。

「魚燈して」の上五は、魚燈を掲げて……となり、前の句と同じように説明的である。明日への菊の入れ替えを行っているのであろうか。できれば「して」は、思いきって、切ってほしかった。そうすると、句が、もっと緊まってくるだろう。魚燈を灯し、明日の朝にそなえて、菊をならべ替えている、という俳句であるが、そこが少し報告的で、安易に流れてしまった。

夜となりて他国の菊もかほ《ママ》りけり

【句意】　昼間には気が付かなかったが、あたりが次第に暗くなり、黄昏れてくると、地元の菊はもとより、他の地方から運ばれてきた菊が、その萎れていた花の精気を取りもどし、思いがけない芳香を放ってきた、という意。

【鑑賞】 何度もいうように、「夜となりて」の「なりて」は説明的であり、原因、結果である。これは、賢治のひとつの癖であったかもしれない。菊のこれまでの連作を見ても、

魚燈して霜夜の菊をめぐりけり
灯に立ちて夏葉の菊のすさまじさ
たそがれてなまめく菊のけはひかな
魚燈してあしたの菊を陳べけり
夜となりて他国の菊もかほりけり

など、「て」「して」が頻出している。後の方の俳句にも、

水霜をたもちて菊の重さかな

も出てくる。

「夜となりて」より、原句の「徐ろに」の方が、句としての切れもいいし、作品として、

数段秀れている。

「他国の菊」は他郷県の菊のこと。地元の菊以外の菊のことである。

「他国の菊」の旅情がよく出ている。「も」は、地元の菊も香るが、他国の菊もなおいっそう、の意をこめている。しかし、「も」で甘く流れた。

「装景手記」では、掲出句の上五は「徐ろに」であった。

おもむろに屠者は呪したり雪の風

があるように、「おもむろに」という言葉は、かなり賢治好みであったろう。

狼星をうかゞふ菊の夜更かな

【句意】だんだんと夜が更《ふ》けてくる。明け方になるに従って、狼星《てんろう》は輝き、大輪の菊は、あたかもその天狼星《シリウス》をうかがっているかのようである、の意。

【鑑賞】菊の連作の八句目である。「狼星」はシリウス。天狼星《てんろうせい》は、大犬座の星で Sirius

の中国名である。地球からの距離が八・七光年と近く、質量は太陽の約二倍あり、温度もはるかに高く、全天一の明るい恒星として輝く。色は青白いが、賢治は、童話「ポランの広場」で「まっかな天狼星」と表現した。きわめて明るいところから、火のイメージを盛りこんでいる。白色矮星を伴星にもつことでも知られている星である。

詩の「発動機船　第二」にも見える。シリウスの名は、近くにある野鶏《やけい》という名の星をねらうかに見え、古来から不吉な星として恐れることが多かったようである。

この句は、「装景手記」ノートでは決定稿となった作品であるが、後出に、

狼星をうかゞふ菊のあるじかな

があり、この句を推敲した定稿と見られている。が、後出句の方が、ずっとすばらしい。

その菊を探りに旅へ罷《まか》るなり

［句意］　菊花展には、いったいどんなすばらしい菊作品が出品されたのだろう、その菊

を観るために、近隣の他県の人は、いま旅立った……、の意。

【鑑賞】　まず、上五の「その菊を」であるが、「その」は何を指しているのであろうか。客観的に一句だけを単独で解釈すると、ずいぶんわかりにくい句である。「菊花品評会」の連作であることを前提にすれば、「その」は、「菊花品評会」に出品された菊、ということでよくわかる。

中七の「探りに」は、観るために……、の意であろう。「旅へ」の方向はどうだろうか。ふつうに考えれば、品評会でどんな作品が出されるのか、それを観るために他県の人が旅立った、というふうに解釈するのがいいだろう。が、品評会ということを考えなければ、他県（国）の菊を観に旅立った、と読めてしまう。その方が句としては素直である。

下五の「罷るなり」も、ずいぶんと古めかしい表現である。単に旅立ったことをいうのなら「発ちにけり」で十分である。いろいろに曖昧なところが多い句である。

たうたうとかげらふ《ママ》涵す菊の丈

【句意】 さかんに立ちのぼる陽炎が、いかにも菊をひたして、生き生きとさせている。それゆえ、菊の丈が一段とそびえて雄々しく見える、の意である。

【鑑賞】 「たうたう」は「蕩々」である。「涵す」は「ひたす」と読む。「うるおす」「やしなう」の意味もあるが、リズムからいけば、当然「ひたす」であろう。

「陽炎」は、賢治の好きな言葉である。この鑑賞のはじめの方で、六句目に、

霜光のかげらふ《ママ》走る月の沢

の句について述べた。

「たうたうと……」の句は、下五は初案は「菊屋形」であった。これだと動きがなくなる。「菊の丈」であるから、菊の花の生き生きとのびた感じが伝わってくる。「菊の丈」によって、菊の花の躍動する生命感が出た。この表現は実にうまい。

「たうたう」「涵す」などは、詩人賢治の措辞であるが、下五の「菊の丈」、特に「丈」を

もってきたところが上質で、俳人はだしである。

このあたりに、賢治らしさが出ている。賢治の作品の中には、これが俳句か、と思うような安易な句が多い。先の「て」「して」を多用した句など、すべてその例である。それを支えているのが、言葉である。

この句も「蕩々」と漢字にしてしまったら、この句は死んでしまう。重くるしいのである。「たうたう」としたことによって、中七の「かげらふ涵す」とうまくからみあい、微妙なかげろうの感じを醸し出してくる。そのあたりが、賢治の俳句の楽しさである。

俳句実作者であったら、もっと重く、暗い句になってしまう。さらりとやったところが、賢治の味というものである。

秋田より菊の隠密はいり《ママ》侯

【句意】 秋田から、はるばるやってきた菊の隠密が、いま入国つかまつりましたぞ、という意。

「はいり」は、「はひり」の誤記である。

【鑑賞】 先の大畑氏はこの句を絶賛し、小沢俊郎氏は、他の二句とともに、この句を、「最も知的遊戯の面が強い。その意味から、秋田よりの句が最もよいのではあるまいか」と述べている。原子朗氏は、「ユーモアの一句」という。が、これらの賛同者に対し、逆に菅原関也氏は、「〝奇抜な発想〟というより、〝奇をてらった〟としか思えないし、〝知的遊戯〟というより、〝遊び過ぎ〟との印象が強い」と、この句をさほど評価しない。

確かに、この句は、おとなしく、型にはまった俳句の並ぶ賢治の作品の中にあっては、目立つ句である。言葉も遊んでいる。でも、挨拶の滑稽味が、よくあらわれている。「菊」と「隠密」の取り合わせは、意外性があって面白い。詩人でなければできない句で、俳人の範囲から見ると〝遊び過ぎ〟と取られても仕方がないかもしれない。

しかし、この句は、「菊」の連作中の一句として見る面白さであって、単に独立した句として鑑賞したら、少し突飛に取られてしまう危険性も十分にある。それだけ問題を多く提起している句である、ということができる。

花はみな四方に贈りて菊日和

【句意】　周囲にあった花という花は、すべてあちこちの友人に贈ってしまった。折からいまは秋の菊まっさかり、いい日和となったことだ、の意。

【鑑賞】　先の句に反対した菅原氏は、今度はこの句について、「この作品の叙法は極めてうまい。『花はみな四方に贈りて』と、何の花かと読み手に一瞬首をかしげさせ、『菊日和』ともってきたことによって、『菊』であることが分かると同時に、よく晴れた爽やかな日であることをも連想させる」と、ほめちぎっている。が、本当に「菊」の花を贈ったのだと、読めるだろうか。連作として見るからよくわかるが、中七の「贈りて」で切れている。何の花かわからないが、あちらこちらに花を贈った……というのが、一句独立して読む中七までの句意である。当然、下五の「菊日和」は、この一句の背景である。そう読み取ることもできるだろう。「菊日和」は気象現象であって、菊の花の盛りの時分は、晴天がつづくことが多い。意地悪くいえば、菊を眼前にしているとは限らない。菊がなくても菊日和なのである。そのころのあたたかい日和を指している。だから、花と菊は、直接には結び付いていない、とも取れる。

また、菅原氏は、「贈りて」の主は、賢治とも取れるし、高橋某とも取れる、という。そして、

「昭和七年の『菊花品評会』終了後、賢治は高橋某から五本の菊を届けられた。そのうち四本に俳句を付けて親類へ贈った。そのことを詠んだと推察される。だが、高橋某は賢治だけでなく、他にも菊を配っていたとすれば、それも『四方に贈りて』ということになりはしまいか。つまり、高橋某も菊を贈った〝主体〟になりうるわけである」

と添える。でも、菊花展を背景に読むからであって、独立して普通に読めば、「贈りて」と書いてあれば、当然送ったのは作者。すなわち賢治に決まっている。それを深読みするのは、背景を知っている菅原氏であるからこそ、そういう読みができるのである。

俳句を鑑賞する場合には二通りあって、一つは、句の背景（時代・状況・心理状態など）にかかわりなく、純粋に一句として読む場合と、その句を詠んだときのいろいろの背景から迫ってゆく鑑賞とがある。

句の背景を識って読むのは、大切なことではあるが、ときとして穿ちすぎになることもあるので、気を付けなければならない。この句は、秋の爽やかな雰囲気は漂っているが、

それほどたいした句ではあるまい。少しのんびりしすぎていて甘い。別に賢治がつくらなくても、俳人の誰にもできる句であろう。

菊株の湯気を漂ふ羽虫かな

【句意】朝、夕べの霜が溶け、菊の株の根元から、ゆらゆらと湯気がただよっている。その蒸気に乗っていくかのように、一匹の羽虫が、一株から飛び立っていった、の意。

【鑑賞】この句を見て、すぐに思い出す俳句が、菊の連作以外の賢治の句のところで、既にふれている、鑑賞の七句目、

西東ゆげ這ふ菊の根元かな

である。モチーフが同じであるから、読者もすぐに気付かれたことと思う。

句意、明瞭な句である。あたたかい秋の一日の、のんびりとした景色が伝わってくる。この湯気は、菊の根元に与えられた水か霜が、太陽によって蒸発したものであろう。ここ

で再び菅原氏の鑑賞を引こう。

「『湯気』『漂ふ』『羽虫』、そして、何となく自信なさそうな『かな』。心もとないといえば、まさにその通りである。しかし、これを一句として成立させた功績は、かかって上五の『菊株』にある。ここに『大菊の』や『白菊の』などをもってきても、『菊株』にはかなわない。『菊株』というK音の硬質さが、中七以下の淡い叙述の支柱となり全体を引き締めているのだ」

そう力説されても、それほど「菊株」がいいとは私は思わない。やはりこれは、平板な俳句である。

水霜をたもちて菊の重さかな

【句意】 朝の光をいっぱいに浴びて、いまその露霜を豊かにふくみながら、大輪の菊が重そうに、それに耐えていることよ、の意。

【鑑賞】 「水霜」は「露霜」のことである。「水霜」といえば、『校本 宮沢賢治全集』か

らは、それまであった、

水霜のかげらふ《ママ》となる今日の朝

が削除された。これは、賢治自身が×印を付けていることから、全集では削除したという。

それにしても、この句についていえば、「今日の朝」が決定的によくない。この下五はいらない。また、「水霜」が朝の太陽の中で、「かげらふ《ママ》となる」のは、あたりまえのことであろう。特に「となる」は蛇足である。

この句は、掲出の「水霜をたもちて」の句の、もとになった下書きの句であろう。掲出の句を生かすための、モチーフとしての、すて石となった句である、といっていいかもしれない。

「水霜」は、賢治の好きな気象用語で、あちこちに使っている。「みずじも」とルビを振ってあるところもある。晩秋、露が霜となったもの。大気中の水分が昇華してできる。詩「圃道」の中には、「水霜がみちの草穂にいっぱいで」とか、詩「霧がひどくて手が凍えるな」に、「すすきの穂も水霜でぐつしょり」などが見える。俳句でもその他、

水霜や切口かほる菊ばたけ

などもあり、童話「種山ヶ原」に、「九月には、もう原の草が枯れはじめ水霜が下りるのです」とあるのは、水霜が冬の訪れを告げるものとして使われているのが、よくわかる。何といっても、この句の眼目は、中七から下五にかけての「菊の重さ」にある。写生ではあるが、単なる写生ではない。

また「菊」だったからよかったのは当然である。あの、ぼってりとした菊であるから「重さ」に納得がゆくのである。他の花では、「たもちて」にならない。

菊花展を詠んだ句であるが、この句は菊花展でなくても、十分に鑑賞に耐え得る句である。菅原氏は「おびただしい菊の水霜が解けてやがて始まる菊の交響曲」と絶賛している。でも、そこまではいっていない。「水霜」をふくんでいる状景を「たもちて」と表現したことによって、「重さ」が生きてくる。これは、詩人宮沢賢治の俳句というより、手馴れの俳人の句である、といってもいい。

こうして見てくると、賢治の俳句は、ずいぶん落差がはげしい。いい意味にとれば、幅がひろい、ともいえる。

狼星をうかゞふ菊のあるじかな

【句意】夜十時をすぎた。東南にきらきらと天狼星が輝いている。菊師は、それをうかがうように、ながめながら心配そうに立ちつくしている、の意。

【鑑賞】この句は、次の、

大管の一日ゆたかに旋りけり

の句とともに、残されているのは習字稿だけである。普通、一句ができたとき、まず、何かの用紙に書きとめ、それから定稿にするものであるが、この二句には、それがない。きっと書き付けのメモがあっただろうに、それがないのである。

「狼星」は、天狼星。先に説明したように、大犬座のα星で、シリウス（Sirius）の中国名である。

「菊のあるじ」は、菊師である。その菊師が、不安気に「狼星」をうかがっているのである。そこに、この句の意外性がある。

菊師が、何故「狼星」をうかがっているのか？　そんなことを詮索してしまったら、ここの句の興味は、とたんに薄れてしまう。句のよさは、菊師と狼星との、取り合わせの妙にある。そこに、この句の眼目があるからである。

菊といえば、中国から八世紀に伝わってきた栽培植物である。特に中国では重んじられていた。わが国でもすがすがしい秋にふさわしい花として、全国いたるところで培養されている。「菊合わせ」などを催し、その美しさを競ったので、その変化に富むことと相まって、今日のすぐれた日本菊ができあがった。

大菊・中菊・小菊の別があり、大菊はその馥郁《ふくいく》たる花と清楚の容姿を生かして一本立てとし、中菊・小菊は懸崖《けんがい》作りや盆栽にされる。

菊合わせは、人数を左右に分け、左右のものがそれぞれ考案して、菊を使って風流な作り物にこしらえ、それに和歌を添えて、さし出す。それに勝負の判定を与え、負けた方に罰酒を行わせたりして、歌舞の宴がそれにつづくものである。近世の諸侯が重陽の節に催した菊合わせには、ややわずらわしいルールの遊びもあった。民間で行われた菊合わせは、菊の花のできを争う。菊の花の品評会の催しで、宮沢賢治の、この菊の連作も、その品評会へ添える作品のつもりであった。

さて、この菊の連作の七つ前に、読者は、

狼星をうかゞふ菊の夜更かな

の一句があったのを覚えているであろうか。「狼星をうかゞふ菊の」までは、すべて同じである。変わっているのは、「夜更かな」が「あるじかな」の下五に変わっただけである。が、この五字は、大きい。「夜更かな」では、何とも陳腐である。

星座の観察としては、確かにそのとおりで、こちらの方が正直ともいえる。けれども、俳句は、事実をそのままに写し取っただけでは、何の俳味も感じられない。だから、思い切って、「菊の夜更かな」を「菊のあるじかな」に、賢治は変えたのであろう。この転換によって、この俳句は、大きく詩に昇華した。私は連作の中で、もっともこの句をかっている。

狼星をうかゞふ菊の夜更かな

が、まずできた。賢治は、「夜更」をいわないと、狼星の実感が出ないと感じたからであろう。が、俳句は短い。このもっとも短い詩型の中では、一句に重複したイメージがあるということは、句の欠陥にもなりかねない。賢治は、何回も読んでいるうちに、その「狼星」と「夜更」の重複的な表現に、いつか気付いたのである。そして、「夜更」をすてた。

そして、菊そのものではなく、菊師に、焦点を移したのである。それが、この句を成功に導いた要因である。それは、多分、賢治の意図的な思索もあったろう。でも、実際は、

狼星をうかゞふ菊のあるじかな

と、素直に読み下《くだ》してみると、それが、まったく自然に伝わってくるから、不思議なものである。詩というものは、そんなものであろう。

だから、はじめにもいったように、読者には、「菊のあるじ」が、何故、狼星をうかがっているのか、そんな説明は、まったく必要ないことである。そこが、この句の面白さになっている。この句の語彙の中では、何といっても、キーワードになるのは「狼星」である。賢治が「狼星」にこだわったことである。星に興味をもっていなかったら、「狼星」が上五になかったら、こんな面白い句はできなかった。天体に興味を抱いていた賢治だからこそ、さずかった句、といってもいい。

さて、この句は、賢治俳句の中でも、秀逸のものであろう。いかにも詩人らしさが、よく出ている。俳句の特色のひとつに、言葉と言葉の配合がある。この句は、その取り合わせで成功した。「狼星」と「菊のあるじ」の配合の妙である。

菊は、俳句の中でも、もっとも伝統的情趣をもった季語のひとつである。たとえば、

『歳時記』をパラパラとひらいて、菊の項を見ても、ほとんど情緒的な句が多い。その中に、ためしに、

狼星をうかゞふ菊のあるじかな

を置いてみてほしい。かなり新しい季感を感ずるはずである。だから、この俳句は、既成の俳句にはないものがある。

詩や童話だけではなく、俳句においても、星が素材になると、途端に句が光を帯びてくる。そのいい例である。

天体に詳しかった宮沢賢治の知識と憧憬……、それが、この一句に結晶したのである。半ば偶然、半ば必然に、天与のごとくこの一句が得られた、そういっていい。

菊の連作の中では、もっとも詩心をもった秀句といえる。いや、その他の、賢治の一般作品と合わせても、秀句に入るだろう。

そこで、賢治の俳句は素晴らしいか、と再び問われると、考えざるを得ない。やはり、賢治は詩人であっても、俳人にはなりきれなかったところがある。

ひょっとして、賢治がもう少し長生きしていて、それでも俳句をつくりつづけていたら、星の俳句群の中に、もっと秀作が生まれた、ということはあるかもしれない。

大管の一日ゆたかに旋りけり

【句意】 ゆったりとした大管、その菊が、終日咲き、あたかも意志をもっているかのように、ゆっくりとめぐった……、の意。

【鑑賞】 さて、この句であるが、菊の連作と思うから、主題は「菊」とみるであろうが、もし、この俳句をひとつだけさし出されたら、季語は何とみるであろうか。俳人の常識からしたら、「無季」の句である。

しかし、この句は「大管」が菊なのである。菅原関也氏も、その著書の中で『校本　宮沢賢治全集』の校異を引用している。その部分を、私も引いてみる。

「『大管』は、『太管』のことであろうか。『冬のスケッチ　補遺』に『太子』を『大子』とした例がある。『太管』は、大輪（直径十八糎以上）の和菊の系統が、厚物、管物、（太管・間管・細管・針管）、一文字・美濃菊・摑み菊、などに分れている中の管物の一つ。なお、『装景手記』ノート三九頁には、削除される前の形に『摑みの菊』が出ており、菊の系統名への関心が見えている。本文は校訂すべきものとも思われるが、『ふとくだ』ではなく、

『たいかん』と読むべきものと見られ『大管』とするのは右の句中のみでなく、賢治の読みぐせらしいのでこのままにしておく」

これに従って、私も「たいかん」と読んでおくことにする。「ふとくだ」では、何だか舌をかみそうでリズムがよくない。ここは、まよわず「たいかん」である。

まず、大きな「大管」の菊の花が眼前にある。その花は、朝から日中にかけ、その大輪を咲かせながら、ゆっくりとまわっているかのように見えたのである。いまは、日の光も没し、その大輪の菊の花は、あたかも夕ぐれの中に、沈もうとしている……。

「一日」は「ひとひ」と読む。「いちにち」でもいいが、「ひとひ」の方が、リズムからゆくと、「ゆたかに」へのつながりがいい。下五は、「まわりけり」とも「めぐりけり」とも読めるが、『宮沢賢治語彙辞典』では、わざわざルビをふって「めぐりけり」と読ませているので、当然この方がいいし、また、リズム感からいっても、断然「めぐりけり」である。

タイカンノヒトヒユタカニメグリケリ

こう読み下してみると、スケールが大きく、ゆったりしたリズムになる。読み下したときに、読者に心地よさを与えてくれる一句である。

さて、ここで少しひっかかるのは、菊が「めぐりけり」というのは、何ともおかしい、という読者が出てくるかもしれない、という懸念である。

確かに、向日葵ではあるまいし、菊がひとりで回るはずはない、というのは、ひとつの理屈ではある。が、別に、実際に菊が旋らなくても、いっこうにかまわない。賢治の心の中では、いつもゆたかにめぐっているのである。むしろそこが〝心象スケッチ〟を唱える賢治らしくていいではないか。

露をしっとりと浴びた菊が、日中の太陽にさらされ、一日をゆったりと咲き誇り、やがて日が落ちようとしたときに、賢治の、大輪の菊が、あたかも意志をもった生き物のように旋った、と思ったのであろう。そこが、詩人、宮沢賢治である。

「大管」そのものは、『歳時記』にも載っていないし、一般的にいうと菊の大輪であるということは、わかりにくいであろう。手もとの『図説　俳句大歳時記』（角川書店）の秋を引いても、「菊」「百菊」ともに、「大管」では出てこない。「大菊」という項目はある。

でも、賢治は植物に大変興味を示した植物学者でもあったし、菊の連作が、菊花展に添える作品であった事情から見て、この「大管」に大いに魅せられ、俳句の常識にあろうとなかろうと、とにかく「大管」の一句を入れたかったものと見られる。そこに私は、興味惹かれるものがある。

連句・付句鑑賞

大根のひくには惜しきしげりかな
稲上げ馬にあきつ飛びつゝ
或ハ、瘠せ土ながら根も四尺あり　圭

佐藤隆房氏（＝二岳）宛の連句である。

大根がみごとに育っている。そのざわざわとした葉のしげりを見ていると、ひといきに引いてしまうには何とも惜しい、という気がしてくる、という俳句である。それに、その近くを、稲を積んだ荷馬がゆっくりと歩き、さらにそのまわりを、蜻蛉がせわしく飛び交っている。それに、大根の植えられた土は、こんな瘠せ土だというのに、その根っこといったら、四尺あまりもある……、すでに堂々とした大根なのだ、と付けたのである。

ここで注目したいのは、賢治が「或ハ、」という語で付けていることである。これは、あきらかに詩人の〝付け〟である。俳人はこんな付け方はしない。付句を見てきたが、かつて、およそ、こんな大胆な付け法を見たことがない。おそらくはじめてであろう。

このあたりを指摘すると、はやくも、「こんなのは連句でもなんでもない」という、俳人たちの批判的な声が聞こえてくる。確かに、従来の付句にはない。が、私には、そこが面白いし、むしろ宮沢賢治の世界だと思う。

膝ついたそがれダリヤや菊盛り
雪早池峰に二度降りて消え
或は、町の方にて楽隊の音

晩夏になり、今まで大きく胸を張って咲いていたダリヤも、がっくりと膝折れたように枯れたと思ったら、今度は菊の大輪が盛んに咲いていた——、というのであろう。

この句と、次の早池峰の句は、少し離れすぎているようにみえる。が、そんな時期に、はや雪が降ってきた早池峰山に登ったのであろうか。はやい雪の早池峰山も、もはや二度目には積もることなく消えてしまった。そして、山頂からながめると、町の方に、はるかに楽隊の音が聞こえてくる——、というのである。この「或は」（前句は「ハ」、こちらは「は」）も、前句と同じように、賢治独自の表現法で、実に詩的で、生き生きとしている。

湯あがりの肌や羽山に初紅葉
滝のこなたに邪魔な堂あり
或は、水禽園の鳥ひとしきり

一風呂あびて、湯屋の窓からのぞくと、羽山の麓は、もう赤く、紅葉に染まりはじめている。「羽山」は固有名詞か？　それとも鳥の羽音が聞こえる山だろうか。どちらにしても大変素晴らしいながめの、景色であるなあ、と感歎している。すると、その滝の前には御堂があり、それが絶景のさまたげになっている。

近くには水鳥の野鳥公園があり、その鳥たちが、ひとしきり鳴いている。

初紅葉の、ゆったりとした心地を、じっくりと詠いあげている。素人というよりも、むしろ破綻がなさすぎるきらいすらある。豊かな俳諧世界に浸っている心が、読者に実によく伝わってくるのである。

次に、宮沢賢治が、藤原嘉藤治氏にあてた付句について、見てみよう。

藤原御曹子満一歳の賀に

おのおのに弦をはじきて賀やすらん　清

風の太郎が北となるころ　圭

掲出の「清」という署名であるが、菅原闐也氏によれば、「清」は、清六（宮沢清六）のことであるという。だが、賢治作だとすれば、賢治がつくった句に、賢治が付けたもので、独吟（ひとりで前句と付句をやってしまう）ということになる。

藤原嘉藤治氏の長男の満一歳を祝って、それぞれに琴をかきならし、その弦をはじきながら、お祝いをしよう。何とめでたいことではないか、の意。

その句への付句が「風の太郎」である。「風の又三郎」が宮沢賢治の作品の代表作であることは、いまさらいうまでもない。新潟から東北にかけて広まる風の神（妖精）の「風の三郎」伝承にちなんだものである。新潟では、二百十日（九月一日）を「風の三郎」と呼び、風神祭を行なったという。この風の神のイメージは、しばしば「山姥《やまんば》」と結び付いて存在し、これは童話の「水仙月の四日」の雪婆《ゆきば》んご（山姥の変形）と心やさしい雪童子《ゆきわらす》に反映されている。わらべうたにもしばしば登場し、「風の三郎、信濃へ行け」（山形）、「風の三郎さん、風吹いてくやれ、くやれ」（新潟）などがある。

　また、岩手地方のわらべうたに「風ァどうと吹いて来《こ》、豆けるァ、風ァどうと吹いて来《こ》、海の隅から風ァどうと吹いて来《こ》」がある。これが賢治作品の「風がどうと吹いて来て」「どっどどどどうど　どどうど　どどう」（童話「風の又三郎」）の、オノマトペに反映している。

　童話「風の又三郎」は、風の精というよりは、むしろ気象科学にもとづいた、風の擬人化といった感じが強い。

　賢治作品は「風の三郎」の伝説にちなんだ「風の又三郎」であるが、この付句は、その兄（長男）の「風の太郎」としている。それは、詞書の「藤原御曹子満一歳の賀に」とあるように、藤原氏の長男のお祝いの前句に付けたために、「三郎」とせずに「太郎」（長男）となったのである。

「風の太郎」が、「北」となるというのは、北から吹いてくる……、つまり北風となり、やがて雪がやってくるころを指している。

一姫ははや客分の餅負ひに　清

電車が渡る橋も灯れり　圭

長男につづいて、先に生まれた長女を詠んだ句である。

一姫、つまり、はじめに生まれた長女は、大きく成育して、もうお客の「餅負ひに」いったというのである。

この客は、賢治なのかもしれない。賢治を歓待しようと、どこかへ餅をもらいにいってくれた。ずいぶんに成長したものだ……、と、長男を祝い、それにつづけて先に誕生した長女への健やかさをも賀しているのである。

そして、「電車が渡る橋も灯れり」である。外へ出掛けていった姫（長女）……。もう少しほんのりとうすくらがりになって、街に黄昏がはじまっている。

見上げれば、橋の上を電車が過ぎてゆく。その電車の窓には、灯《ひ》がともり、四角い灯がつぎつぎに渡ってゆく、というところであろうか。

ほんもののセロと電車がおもちゃにて

圭

付句は、このあと延々とつづくはずであったろうが、ぷっつりとここで切れている。

先の電車は、一両ずつ去ってゆく窓をながめていると、まるでおもちゃのようである、というのである。電車がおもちゃであれば、もし、ここにセロがあったとしたら、セロの方が大きく見えて本物で、電車がおもちゃである。

「セロ」といえば、賢治の有名な童話「セロ弾きのゴーシュ」で、ゴーシュが猫に向かって激しく「印度の虎狩」の曲を弾く場面がある。

「セロ」は、正しくは Cello で、チェロのこと。賢治の時代には、一般にセロと発音した。関徳弥氏によれば、賢治のもっていたセロは、中古のもので百二十円だったが、胴体のところに少し塗料の塗られていないところがあり、気にしていたという。賢治の、セロの腕前はそれほどたいしたことはなく、まともな音は出なかった、という。だから友人とそのセロを取り替えた。そのセロが、いま宮沢賢治記念館に展示されているもの。

賢治の「セロ弾きのゴーシュ」では、猫や狸らを相手にして、主人公のゴーシュは、いつの間にか腕をあげている。

年譜によれば、賢治は、一九二六年の十二月、セロを持って上京、大津三郎氏に三日間セロの特訓を受けている。

そのようなことを、いろいろ考慮すると、賢治にとっては、セロは必ず本物でなければならなかったろう。電車がおもちゃなら、セロは本物である、というのが賢治の頭の中にはあった。

この独吟は、賢治の童話の世界を垣間見させてくれて、なかなか面白い。このままもっとつづいていたら、どのように展開していったか、本当に楽しみであるが、残念ながらここで途切れてしまっている。

次に、大橋無価氏あての付句に目を転じてみることにしよう。これは、賢治の直筆で書かれて、残されたものである。

まず、大橋無価氏についてのプロフィールを見てみよう。この人物については、菅原閑也『宮沢賢治——その人と俳句』に詳しいので、その一部を紹介させていただく。

> 無価は明治元年（一八六八）、花巻向小路に生まれた。独学で医師の資格を取り、青森県衛生課長などを歴任した後、三十二歳で花巻に開業、岩手県医師会長にまでなった。昭和十一年から請われて花巻町長を一期勤めた。文人としても博

学、達識で漢学、俳句、和歌にも通じ、郷土史にも造詣が深かった。各分野の著書もある。昭和二十五年、八十二歳で長逝した。材木町の地蔵寺境内には

若葉吹く風に菩薩の眉涼し　無価

の碑がある。多くのエピソードの持ち主で、その人徳、傑物ぶりは花巻人物史に残る一人である。

賢治の父政次郎と無価は、旧知の間柄であった。先の菅原氏は、賢治は自作の俳句を、何句か携えて行ったのではあるまいかといい、「五輪峠」の詩の俳句化と同時に、他作も何句かもっていった、と見るのが自然だろう、という。

さて、その無価への付句である。

神の井は流石に涸れぬ旱かな　無価
垣めぐりくる水引きの笠　賢治

炎昼である。暑い日が今日もつづいている。この旱《ひでり》つづきで、神の井戸も、さすがに涸

れつきてしまったかのようである。「神の井」は、神社の境内にある古井戸である。

それに対し、境内の垣根を水引（麻糸）でつくった笠が、ゆっくりと近づいてきた、というのである。「水引」は仏前・神輿《みこし》などに張りわたす金欄《きんらん》の幕の意もあるが、この場合は「水引きの笠」と取った方が自然であろう。幕と取ると、幕引き役の笠が見えたと解され、「神の井」に対して付きすぎで、何とも面白くない。

広告の風船玉や雲の峰　無価
凶作沙汰も汗と流る、　賢治

夏である。空には入道雲がもくもくと盛りあがっている。仰ぐと宣伝用の風船玉……、つまりアドバルンが高々と上がっている。

ことしは、稲の出来が悪く、凶作で大変だと会話しあっているが、そんな噂も、つづく旱《ひでり》の暑さのために、汗といっしょに流れてしまいそうだ。「凶作」と「風船玉《アドバルン》」の対照が、なかなかよく効いている。

あせる程負ける将棊や明易き　無価
浜のトラックひた過ぐる音　賢治

この句は、なかなかユーモラスである。少し川柳っぽいが……。夕方からヘボ将棊をはじめた。なかなか決着がつかず、何とか優勢にもちこもうと焦るのだが、焦れば焦るほど負けがこんできて、次第に風向きが悪くなり、とうとう短夜がしらじらと明けはじめてしまった。
海辺に近い浜をひた走るトラックのけたたましい音が聞こえはじめ、ついさっきまでの静寂はまるでうそのようにさわがしく、すでに巷は動き出している。

橋下りて川原歩くや夏の月　無価
遁げたる鹿のいづちあるらん　賢治

平明な句である。夏の夜散歩していると、橋があった。その橋をわたると、下に川原がひろがっているのが見えたので、少しゆっくり歩いてみたい、そういう気持になって下りたのである。川原を歩き、夜空の下を歩くと、空にはぽっかりと夏の月があがっている。何と気持のいい、すずし気な夜であろう、というのである。

そこで、ふと、先日見た鹿のことを思い出した。あの、目があった瞬間、逃げ出してしまった可愛い鹿はどこへいってしまったのだろう。同じこの月の下で、いまごろは寝入っているのだろうか。「いづち」は「何方」、どちらの方角、どっち、の意である。

飲むからに酒旨くなき暑さかな　無価
予報は外《そ》れし雲のつばくら　賢治

俳人の無価が、酒飲みであったかのどうか、知るすべもないが、この句から察すると、それはどの酒飲みではなかったような気がする。それは「酒旨くなき」と表現しているからである。

この句に付けた宮沢賢治の俳句は、付句としては、それほど上質の付けではない。というか、どこを中心に付けているのか、よくわからない。前句とは離れすぎているような気がする。

「予報は外《そ》れし」というのは、「暑さ」に対するものなのであろう。「明日は曇りがちな天候になるでしょう」との予報に対し、意外に暑い晴天になってしまった……、というのである。「雲のつばくら」は、雲の間《ま》に間《ま》にとぶ燕のことである。前句が「暑さ」であることから、春先の燕ではなく、夏の燕であろう。

燕は、玄鳥《つばめ》・つばくろ・つばくら・つばくらめ・乙鳥《おつどり》・飛燕《ひえん》などと表現される。夏の燕は、子燕を育てるためにせわしい燕であり、春に来たばかりの燕とはちがって、また別の趣がある。

忘れずよ二十八日虎が雨　無価
その張りはなきこの里の湯女　賢治

「二十八日虎が雨」というのは、正しくは「虎が涙雨」である。旧暦の五月二十八日の雨。この日は、曾我兄弟が討たれた日で、十郎祐成《すけなり》の愛人、大磯の遊女の虎御前の涙が、雨となったという言い伝えから出てきた季語である。古風な季語で、現代では活《い》きていない言葉であるが、俳人はそれなりに面白がって句にしている。俳句の上では、「二十八日」や「涙」を省略した形で「虎が雨」だけで用いることが多い。いかにも俳人玄人《くろうと》の無価らしい句である、といえよう。

これに対して賢治は、「その張りはなきこの里の湯女」と付けている。

「湯女」は「ゆな」。江戸時代の初期、市中の風呂屋にいた、客の背を流してくれる役の女。風紀の乱れにつながるとして、幕府の禁止令が出たため、十七世紀の後半（寛文のころ）には、消滅してしまった。また、温泉宿で、客の入浴の世話をした女のことをもいう。

賢治は、献身的につくした遊女の虎御前に対して、この里の湯女の、何と「張り」なきことよ、となげていている付けなのである。

三味線の皮に狂ひや五月雨　　無価
名入りの団扇はや出きて来る　　賢治

長い梅雨が降りつづくために、ついに三味線の皮に狂いが出て、その音色《ねいろ》も悪くなってしまった……、という無価の句。

それに対して、賢治は新しい団扇《うちわ》が出来てきて、いかにも張りがあって気持がいいと付けている。三味線の皮のたるみに、新しい団扇のできたての張りのよさを付けたところは、なかなか上手《うま》く付いている。また、「名入り」というところが、何ともいい。

夏まつり男女の浴衣かな　無価
訓練主事は三の笛吹く　賢治

夏に入り、いつもの年のように、夏祭がやってきた。その祭を待っていたかのごとく、男も女も、新しいそろいの浴衣を着て、夏祭を楽しんでいるという前句。

それに賢治は、その祭の当日、祭を教えきたえる主事役の者が、三番の笛を吹いている。いま、夏祭は最高潮に達しているのだと、付けた。

「訓練主事」という言葉が堅く、あまり俳句的ではないが、「三の笛」をもってきたことによって、何とか俳句らしい付句になった、といえよう。

どゞ一を芸者に書かす団扇かな　無価
古びし池に河鹿なきつゝ　賢治

「どゞ一」は、「都々逸」また「都都一」と書き、俗曲の一つである。娯楽的な三味線の歌曲で、七・七・七・五調の二十六文字の定型をもっている。

天保末年（一八四三）ころ、江戸の都々逸坊扇歌《どどいつぼうせんか》が、曲節を大成した。

その都々逸の文句を、芸者によって団扇に書かせて踊ったのだろう。

その無価の句に、賢治は「古びし池に河鹿なきつゝ」と付けた。都々逸を芸者に団扇へ書かせるなどというのは、あまり上品なことではなかろう。その俗っぽさに対して、賢治が、このように付けたのである。

「河鹿《かじか》」は、渓流に棲む蛙の一種である。雄は身長四センチほど、雌は七センチほどで、雄の鳴き声は玲瓏として美しく、山の鹿に対して、まさに河の鹿のようだ、というところから「河鹿《かじか》」という名が付いたという。古い『歳時記』には、「河鹿」は「鹿」とならんで、秋の季語に入っている。が、この付句では夏季である。「河鹿」は、飼育してその声を楽しむことも少なくない。「河鹿笛」などという季語もあるように、その声は美しく表現されている。

賢治は、本来、清流で鳴くべきところのものが「古びし池」で鳴いている、と表現したのである。本来いるべきでないところで「河鹿なきつゝ」と表現したのは、前の句をうけて、都々逸を芸者に書かせたりしている、この遊び下手な客への皮肉を表現しているものであろう。

この付句は、少し無理があるかもしれない。が、いかにも物語的で、賢治らしいといえば賢治らしい、ともいえよう。このあたりが、はじめて付句に挑戦した、賢治の面目躍如たるところ。それが、ちらりと垣間見える気がするのである。

引き過ぎや遊女が部屋に入る螢　無価
藺の高値も焼石に水　賢治

無価は、「引き過ぎや」とつくっているが、「引き過ぎ」は「引け過ぎ」の誤りであろう。

「引け過ぎ」は、遊女が張り店から引き揚げる時刻のことをいう。引け過ぎは、午前二時過ぎ、とも、その他の説もある。

遊女が引き揚げて、自分の部屋にもどってくるころ、その遊女の部屋に、螢が一匹入ってきた、というのである。「遊女が」という「が」は、格助詞の主格で「の」と、取っていいだろう。「遊女の部屋に、螢が入ってくる」という意である。この螢は、螢であると同時に、男客とも、取れなくもない。そのあたりが、なかなか面白い味になって、表現されている。

これに対して賢治の付けた付句が「繭の高値も焼石に水」である。前の句と、どこでどう付くのであろうか。少し離れすぎて、この句は前句と無関係とも取れるが、前の句の螢を、男客に見立てれば、この遊女との一夜の衾《しとね》が大変高価についてしまい、せっかく高値に売れたと思った繭の高額な収入も、ほんとうに焼石に水である……、というふうに付いてくる。が、もし、このように鑑賞すると、少し俗っぽく流れてしまい、賢治らしくなくなってしまう。そのあたりの鑑賞が、実に、むずかしいところであろう。

車中にて

ごたごたや女角力《ずもう》の旅帰り
稲熟れ初めし日高野のひる

〈（　）内ルビ筆者〉

「兄妹像手帳」に記された付句である。男の相撲はめずらしくはないが、当時としても「女角力」は、ものめずらしい光景であったろう。

取組みのすべてが終わって、まだあたりが混雑してごたごたである。やがて客も帰り、力士たちも身仕度をして、旅の荷物をまとめ、帰りはじめる。

帰り道はといえば、地方の田圃の中を帰ってゆく。稲が黄色く稔りはじめ、いちめんの日高野ののんびりとした景色がひろがっている。日はまだ高い。あたりは明るい……。

一見、付いていない。離れすぎのような気もするが、地方の草相撲だととれば、なかなかの景が浮かんでくる。素人のつくり（付け）ではない、そんな句である。

さて、これで、佐藤二岳氏あての付句、藤原嘉藤治氏あての付句、大橋無価氏あての付句、「兄妹像手帳」の付句……。現存している四つの付句の、すべてについて鑑賞を加えてみた。

宮沢賢治の作品における俳句の評価はむずかしい。特に、その中でも付句への評価は、より困難であるといえよう。

が、私は、それなりになかなか面白いと思う。というのは、作品のひとつひとつの面白さよりも、付句というのはひとりではなく、複数で作り合うというところに、その面白さがあるからである。

賢治は、孤独にひとり創作活動をつづけてきた。そのきびしさの中から、小説も、詩も童話も生まれてきた、といっていい。それは衆を断ち切った個の世界である。その賢治が、衆としての付句をつくっていた、そのことへの興味であり、驚きである。

確かに、賢治の付句など、問題にするほどの価値もない……、と切り捨て、片付けてしまうのは、簡単なことである。が、相手があって、その相手から引き出されて、新しい作品を創る、そういう作業に賢治が参加したこと、これ自体が、新しい創作方法であろう。

特に、賢治が付句の相手とした仲間は、旧派とはいえ、地方ではベテランの俳人たちばかりである。その俳人たちと同じ土俵で作品をつくり合ったということは、賢治の創作活動における、新しい領域であり、新しい分野への芽生えであろう。その点を評価したいと思う。

大方の人たちは、俳句、特にその付句などは、賢治の文学の創作のエリアからは、まったく埒外《らちがい》として問題にしてはいない。が、本当にそんなものであろうか。

それは、賢治を一般の俳人たちの作品と同列に比べているからである。俳人たちの作品から見たら、賢治の俳句は、取るに足りない、つまらないものであることは間違いない。が、「春と修羅」の詩を書いた、また「注文の多い料理店」の童話を書いた賢治、また、病床にあって「雨ニモマケズ」の文語詩をつくった賢治が、さらに俳句をつくり、付句までしていたということ、そこに大きな意義がある。

詩人宮沢賢治のつくった俳句は、一行の詩《ポエム》であり、その付句もまた、彼の一行の詩である。賢治の偉大な創作活動を理解するとすれば、この一行の詩も、貴重な資料の一部といわざるを得ない。そこまで理解し、ひろくつつみこむことが、賢治研究の文学範囲となる、と思うのである。

詩人といえば、西欧の現代詩の影響が強く、詩人のほとんどは、ヨーロッパの詩ほど素晴らしいものはない、とある時期まで信じきっていた趣きがある。詩人の目から見ると、俳諧など、何と古くさい時代遅れのことをやっているのか、と冷やかな目でみていた時期である。

そんな時代、状況下にあって、地方に住んでいたとはいえ、宮沢賢治が俳句に目をむけ、しかも付句の作品を、いくらかでも残していたことに、私は大いに驚嘆し、目をみはるのである。

しかも、その作品は、ほとんど誰の目にも触れられずに、今日まできたという事実――。そのことにこそ、もっと注目しなければならない、そう思うのだ。

あとがき

宮沢賢治の俳号（作句のときだけ使用する名前）は「風耿《ふうこう》」といった。賢治は「風の又三郎」を挙げるまでもなく、ことに「風」の文字を好んだ。「装景手記」ノートには、この「風耿」をはじめ、「風黄」「風工」「風帋」などの文字がちりばめられている。上の「風」の字を生かしながら、その下にいろいろの音《おん》を当てはめながら、最終的に「風耿」の俳号を選んだのであろう。

「風耿」は、俳句を書くときだけに用い、付句・連句のときには、いずれも「圭」の号を用いている。二句だけ上句（第一句目）で「清」と記した句があるが、これは弟の清六の名である。が、生前、私が清六さんと親しく対話させていただいた折に訊いてみたところ、「私は、付句した覚えはありません。兄は時々恥ずかしがって、私の清を使っていましたから、これもその例かもしれませんね」といわれた。そうかもしれない。

俳句については各句にその鑑賞を示した。鑑賞に関しては前著に一部手を加えたが、私の前の評価と鑑賞は少しも変わっていない。付句については、菅原閧《とき》也《や》氏の自費出版本のほか、いままでまったく鑑賞はなく、いまのところ全句については私の鑑賞のみである。やはり、賢治が付句までその世界をひろげたことは、改めて驚くほかはない。現在、宮沢賢治に関する詩・童話の単行本の出版は相次ぎ、微に入り細を穿《うが》ち、毎月のように出版されつづけている。

もし、賢治の他ジャンルや生き方について知りたい方は、それらの本を読んでいただければわかるので、この本では純粋に俳句の鑑賞だけに焦点を絞り込んだ。

鑑賞文の中で、賢治は俳句においては素人であり、いわゆる俳句のルール（定型や季語、そして切字）などにはほとんど関心なくつくっている、と何回もくり返したのは、賢治の俳句を従来の枠の型にはめ込んで鑑賞しない方がいい、という私のはからいからである。

再び、賢治俳句の鑑賞に目を通して、これは「天才詩人、賢治の俳句である」、という認識を改めて強くした。

本書を読まれた方々が、私の拙い鑑賞をもとに、さらに賢治の世界をひろげてくれたら、幸いである。

平成二十四年　五月五日

石　寒太

石　寒太（いし かんた）

1943年静岡県生まれ。俳人。本名・石倉昌治。69年、俳誌「寒雷」に入会、加藤楸邨に俳句を学ぶ。現在、俳誌「炎環」主宰。「俳句αあるふぁ」（毎日新聞社）編集長。著書に、句集『あるき神』『炎環』（ともに花神社）、『翔』『夢の浮橋』『石寒太句集』『生還す』（ともにふらんす堂）、評論・随筆に『山頭火』（毎日新聞社）、『放哉』（北冥社）、『俳句日暦』『宮沢賢治の俳句』（ともにPHP研究所）、『わがこころの加藤楸邨』（紅書房）、『山頭火』『「歳時記」の真実』（ともに文藝春秋）、『俳句はじめの一歩』『おくの細道 謎解きの旅』『芭蕉のことばに学ぶ 俳句の作り方』（ともにリヨン社）、『心に遺したい季節のことば』（KKベストセラーズ）、『仏教歳時記』（大法輪）、『芭蕉の名句・名言』（日本文芸社）、『日めくり猫句』（牧野出版）、『宮沢賢治10の予言』『芭蕉の晩年力』（ともに幻冬舎）、『いのちの一句』（毎日新聞社）、『宮沢賢治 幻想紀行』『宮沢賢治のことば』（ともに求龍堂）『宮沢賢治 いのりのことば』（実業之日本社）など多数。

宮沢賢治の全俳句（みやざわけんじのぜんはいく）

2012年6月5日　第1刷発行

著　者　石　寒太
編　集　星野慶子スタジオ
発行者　飯塚 行男
印刷・製本　シナノ・パブリッシングプレス

株式会社 飯塚書店
〒112-0002 東京都文京区小石川5-16-4
TEL03-3815-3805 FAX03-3815-3810
http://www.izbooks.co.jp
郵便振替00130-6-13014

ISBN978-4-7522-2064-0